本の庭へ

本の庭へ

西澤栄美子

水声社

目次

I

II

III

I

『虚無への供物』から「失われた書物」へ

中井英夫の『虚無への供物』は、日本ミステリー界の三大奇書の一冊とも、アンチ・ミステリーとも言われますが、筆者にとっては、世界のミステリーの最高峰の一冊です。エドガー・アラン・ポーから、ローラン・ビネの『言語の七番目の機能』に至るまで、筆者はミステリーの愛好者にすぎないのですが、それでもこの小説の、ホームズ兼ワトソン役の奈々村《ななむら》久生《ひさお》の言う「本当の意味での真犯人」の姿には、アガサ・クリスティも脱帽せざるを得ないのではないでしょうか？　小説の舞台は、敗戦後十年ほどの昭和二十九年（一九五四）、主要な登場人物の多くは、久生、その幼馴染のアリョーシャこと亜利夫など、若き高等遊民の風情で、彼らが出入りするバアやカフェなどの風俗および周辺世界は、著者が親交を結んでいた三島由紀夫や澁澤龍彦、また、短歌雑誌の編集者として、その才能を見出し育てた、塚本邦雄、寺山修司、春日井建とも通底しています。七十年近く前の日本が舞台とはいえ、その社会的背景は、二〇二一年の日本と多くの点で共通しています。

筆者がこの書物を知ったのは、学生時代、宮川淳先生の演習での、ポール・ヴァレリーの「ドガ・ダンス・デッサン」の購読がきっかけでした。原文の難解さに大学の図書館に駆け込み、訳本を探しつつ、ヴァレリーの詩集も眺めるうち、「一と日われ海を旅して／（いづこの空の下なりけん、今は覚えず）／美酒を少し海に流しぬ／『虚無』にする供物の為に」で始まる「失われた美酒」（Le vin perdu）が心に残り、同じ図書館に何日か通ううちに、この一節を冒頭に掲げた小説に辿りつきました。

中井英夫が執筆時に住み、小説の主要な舞台になる氷室家のある、目白の下落合あたりに土地勘のあった筆者は、一時は、この辺りや、小説に登場する東京の町を歩きまわるほど、小説世界に入り込みました。武満徹装幀の、美しい函入りの書物をアルバイト代をはたいて購入もしました。（図1）ところが、友人に貸したり、引っ越しを繰り返すうち、この書物は忽然と消えて（なくしたのですが）、文字通り、「虚無への供物」と化してしまったのです。

先日、区立図書館で、戯れに色々な書名を検索するうちに、区内の別の図書館に、塔晶夫（Toi

Qui...）の筆名で出版された、昭和三十九年（一九六四）二月二十九日発行の初版本があることがわかりました。マスクをしたままアクリル板越しに、カウンターで題名を告げ、取り寄せを頼むと、「司書の青年に、二度ほど聞き返されたのち、「『去年の九月』ですね？」と念をおされました。もう、それほど遠い、失われた書物（Le livre perdu）になってしまったのでしょうか？

（2021/04/30）

短歌から川柳へ

マッチ擦るつかのま海に霧ふかし見捨つるほどの祖国はありや

寺山修司の『われに五月を』（一九五七年）の掲載歌です。この短歌は、敗戦後の心情を詠ったものでしょうが、筆者もその後衛に属していた、全共闘世代の多くの人々にとっては、一九六九年の「挫折」とともにある歌となってきました。

ふるさとの訛りなくせし友といてモカ珈琲はかくまでにがし

これも有名な寺山の歌です。筆者は東京生まれですが、学生時代の春休みに能代の友人宅を訪れての帰途、同じ夜行列車に乗り合わせた「金の卵」たちの、夜半までやまないすすり泣きとともに、彼我を隔てるものに対しての、若い日の鬱屈した心情は、この歌とともに、今もありありと蘇ります。

谺して山ほととぎすほしいまま

同僚に誘われて俳句を始めた筆者が、最も心惹かれる句のうちのひとつが、杉田久女のこの句です。この句のもたらす高揚感は、フェミニズムの先駆けの句という定説を越えた、詩人の魂の自由に起因するものと考えます。

……早送り……二人は……　……豚になり終(1)

おはようございます※個人の感想です(2)

この二句は、アンソロジー『はじめまして現代川柳』（小池正博編、書肆侃侃房、二〇二〇）に掲載されており、筆者は近現代の短歌・俳句とは別次元のポスト・ポスト・モダンの川柳に出合った気がしましたが、川柳の「諧謔」や「風刺」の枠内にあるとも感じました。

おでこからアンモナイトを出すところ(3)

しかし、本書を読み進むうち、現代川柳の一部が、それらを越えて、川柳の「傍観者的視点」から出発し、果ては、シュルレアリストたちに大きな影響を与えた、ロートレアモンの、「解剖台の上でミシンと蝙蝠傘が偶然出会ったように美しい」の地点に至っているかのように思えました。

ー○ー○ー○ー○ー○ー○ー○ー◎ー○ー○ー○ー○(4)ー

この句は、コンクリートポエムを思わせます。
果てはシュルレアリスムの持つ、無意識のイメージや意味の連鎖をも断ち切ろうとして、逃げ続けるかのような、一九九七年生まれの暮田真名《くれだまな》の句もあります。

いけにえにフリルがあって恥ずかしい

さかのぼる　たとえ惣菜になっても

現代川柳は、詩の最前線にいるのではないでしょうか。

（2021/05/31）

［注］

（1）川合大祐《かわいだいすけ》（一九七四―）。

（2）兵頭全郎《ひょうどうぜんろう》（一九六九―）。

（3）竹井紫乙《たけいしおと》（一九七一―）。

（4）柳本々々《やなぎもともともと》（一九八二―）。注3、4の両句は、二〇二一年四月十八日の『朝日新聞』朝刊《短歌時評》（「歌人が川柳に驚く」評者：山田航）に紹介された。

ショーケンからしをんへ

萩原健一通称ショーケンに筆者が出会ったのは、テンプターズ解散後、彼が沢田研二とＰＹＧというロックグループを結成した頃でした。もっともそれは、本物のショーケンではなく、「成城大学のショーケン」でしたが。当時、成城大学の助教授であったイプセンと北欧演劇の研究者の毛利三彌先生による本邦初訳・初演の『私たち死んだ者が蘇ったら』の、都心の劇場での二日間の上演のために集合した学生キャストの中に、若き日の三浦佑之さんがいて、大道具担当の一員として参加していた筆者は、三浦さんが一部で、成城のショーケンと呼ばれていることを知りました。三浦さんが、特にショーケンに似ているという印象はなかったものの、細身で笑顔がチャーミングなところからついたニックネームだろうと思いました。三浦さんは、国文科に在籍していて、当時から万葉集研究の第一人者として知られていた中西進先生に師事し、大学院に進学するという噂に、筆者は、「あのショーケンが大学院に進学して大丈夫かしら」と、密かに思っていました。(三浦さんのホームページに掲載されているエッセイによれば、当初は、「デモシカ院生（他にやることがなくていい加減な気持ちで選んだ進路）」だったとのことなので、その時の印象は多少は合っていたのかもしれません。）しかし、その後の古典・伝承文学研究での活躍は『口語訳　古事記（完全版）』などで、周知の事実です。民俗学的興味から出発し、吉本隆明の『共同幻想論』に影響をうけたという三浦さんは、『口語訳　古事記』のあとがきに、次のように書いています。

私たちが読んでいる古事記は文字とは無縁な世界を抱え込んで成立した。音声を通して出来事を語り継ぐという、時間を超えた営みが古事記に描かれた主人公たちを作り上げてきたのである。それゆえに語り継がれた主人公は、かならずしも国家の意志を体現する存在とはならず、時として国家に背を向ける人々になった。（四七四―四七五頁）

三浦さんの口語訳は、古老の語りとして訳されており、それは筆者に、かつて舞台上を飛び回っていた青年を思い起こさせました。

しをんという秋の美しい花の名前を持った作家に興味を持った筆者が、三浦しをんが二十代の終わりに直木賞を受賞した『まほろば駅前多田便利軒』を読み、彼女がＢＬや少女漫画を愛しつつ、中井英夫へのオマージュを語っていることを知り、小説はもとより、彼女のエッセイを読むうちに、そこにしばしば登場する、古事記オタクと言う意味で家族から「コジオタ」と呼ばれる彼女のお父さんが、三浦佑之さんと知りました。オジサン世代の男性から、十代の少年少女まで多種多様な主人公たちの生き生きとした会話は、三浦家の演劇的なるもの、口承文学への興味のあらわれかもしれません。彼女の写真を見るかぎり（ショーケンとは異なる）切れ長の目や涼やかな目元も、お二人に共通のものと思われます。

（2021/07/31）

『赤毛のアン』から『更級日記』へ

「卑怯な、いやな奴！　よくもそんなまねをしたわね！」とアンは激しくなじった。そして――バシンと自分の石盤をギルバートの頭にうちおろして砕いてしまった――頭ではない、石盤を真っ二つにしたのである。

主人公、アンの赤い髪（外見）をからかった男子ギルバートに、アンが、この時代の学校でノートとして使われていた石盤をうちおろした場面です。『挑発する少女小説』（河出新書、二〇二一）の『赤毛のアン』についての章で、「この小説の白眉は、まちがいなくこの場面でしょう」と、著者斎藤美奈子は述べています。斎藤がこの本で取り上げているのは、十九世紀から二十世紀半ばまでの、九編の海外少女小説であり、リアリズム（魔法使いの登場しない）児童文学です(1)。

それぞれ世界的ベストセラーであり、『ふたりのロッテ』を除いて作者は全員女性であり、読者のほとんどは女性です。これらの少女小説は百五十年前から、最も新しいものでも七十年以上前に書かれたにもかかわらず、現在でも何度も版を重ねており、映画化、アニメ化もされるほどのロングセラーです。斎藤によれば、これらはもともと十九世紀から書かれ始めた女子教育のための、将来の望ましい女性像、すなわち性別による役割分業を肯定する「家庭小説」に分類されるものでした。背景には産業革命と、それによるホワイトカラーの増加、性的役割分業の定着、鉄道の発達、学校の整備による男女共の識字率の上昇、メディアの発達があります。ところが、おそらく無数に書かれたはずの「家庭小説」の中で、ベスト・ロングセラーとなっているこれら九編は、すべてが性的役割分業を拒否、あるいは脱構築しています。主人公の少女たちは皆、「わきまえない女」なのです。

詳しくは軽妙な語り口で、読み物としても大変面白い本書『挑発する少女小説』を読んでいただきたいのですが、筆者は、特に、大人の目には見えない絶望を抱え込む少女たち、その両親、元少女たち、さらに、これらの小説を一冊も読んだことのない男性にも読んでほしいと思います。（『挑発する少女小説』の帯に、大きなフォントで、「子どもだから、女だからって、みくびらないで！」とあることが少々残念です。斎藤の論考はこの言葉では纏め得ないと思います。）

そしてこれらの小説には、現代に通じる問題も数多く含まれています。

・植民地問題（例えばアフガン問題、朝鮮半島問題など）……『小公女』、『秘密の花園』
・疫病の蔓延（新型コロナパンデミック）……『赤毛のアン』、『秘密の花園』
・障害者（例えばパラリンピック）……『ハイジ』、『秘密の花園』
・みなしご、孤児院（子供の貧困と労働、児童虐待、ネグレクト、毒親）……『小公女』、『赤毛のアン』、『ハイジ』、『あしながおじさん』、『秘密の花園』、『大草原の小さな家』、『長くつ下のピッピ』
・階級差、人種差別（社会的格差、BLM、ヘイトスピーチ）……『小公女』『ハイジ』『若草物語』『大草原の小さな家』
・女性と子供の人権、ジェンダー……これは、これら九編すべてに共通するものです。（それは取りも直さず、男性の人権もいまだに尊重されていないことを知らしめるものでもあります。）

斎藤は、表向きは「良き伴侶を得て、良き家庭人となれ」という当時の穏健な「家庭小説」を装いつつ、これら九編の少女小説の裏には、「型にはまらず、自分の道を自由に行け」というメッセージが仕込まれていると述べています。

日本のジュブナイルには、ジョーやアンやジュディに対抗できる少女たちは存在するのでしょうか？　フィクションでもなければ、十九世紀から二十世紀の作品でもありませんが、筆者は十四歳のひとりの少女を思い起こしました。

はしるはしる、わづかに見つつ、心も得ず心もとなく思ふ源氏を、一の巻よりして、人もまじらず几帳の内にうち臥して、引き出でつつ見る心地、后の位も何にかはせむ。

『更級日記』の書き手、菅原孝標の女が、断片のみにしか触れることのできなかった『源氏物語』五十余巻を贈られ、たった一人で几帳に臥せて昼夜読みふけり、「プリンセスになるなんて問題にならないわ」というほどの喜びを得たことを綴る箇所です。喜びを自覚的に選び取った、もう一人の、自由な魂を希求する少女。自己の生存権をかけて「世間＝世界」と戦わなければならなかった九編の少女小説の主人公たちとは、立場も境遇も、国も、時代も、フィクションとノンフィクションとの違いもありますが、孝標の女は、ジョーやジュディの様に、「読む少女」から「書く女性」へと成長を遂げたもう一人の少女だったのではないでしょうか？

(2021/09/30)

[注]

(1) この九編は、斎藤によると、
・シンデレラ物語を脱構築するバーネット『小公女』一九〇三年
・異性愛至上主義に抵抗する、オルコット『若草物語』一八六八年
・出稼ぎ少女に希望を与える、シュピーリ『ハイジ』一八八〇―八一年
・生存をかけた就活小説だった、モンゴメリ『赤毛のアン』一九〇八年
・社会変革の意志を秘めた、ウェブスター『あしながおじさん』一九〇二年
・肉体労働を通じて少女が少年を救う、バーネット『秘密の花園』一九一一年
・父母の抑圧をラストで破る、ワイルダー『大草原の小さな家』シリーズ一九三二―四三年
・正攻法の冒険小説だった、ケストナー『ふたりのロッテ』一九四九年
・世界一強い女の子の孤独を描いた、リンドグレーン『長くつ下のピッピ』一九四五年
です。

＊　本稿を執筆するにあたっては、本書に関連する、二〇二一年九月一日のＴＢＳラジオ「アフター6ジャ

ンクション」での、斎藤美奈子とライムスター宇多丸との対談、および九月十一日の朝日カルチャーセンター「『挑発する少女小説』出版記念講座」における、斎藤美奈子の講演を参考にしています。

チャンドラーから北方謙三へ

「詩を書いていた」

「なにを？」

「詩さ。街に詩を書いていたら、こんな顔になっちまった。抒情的なやつじゃなく、かなりシュールなやつさ[1]」

「これほど厳しい心を持った人が、どうしてこれほど優しくなれるのかしら？」

「厳しい心を持たずに生きのびてはいけない。優しくなれないようなら、生きるに値しない[2]」

ハードボイルド小説の主人公たちの言葉で、ひとつは北方謙三の作品に登場する探偵、浅生の台詞、もう一つはレイモンド・チャンドラーの〈フィリップ・マーロウ〉シリーズの、マーロウの有名な台詞です。

筆者は、友人に北方版『三国志』の第一巻を借りたのをきっかけに、その〈大水滸伝〉シリーズを経て、現在刊行中の『チンギス紀』まで読み続けています。北方が『弔鐘遥かなり』で本格的にデビューした、ハードボイルド小説の作家であることは知っていましたが、彼の原点であるこうした小説を読んだのは、ごく最近のことでした。行きつけの本屋のひとつに、「この作家の意外な作品」というコーナーが設けられていたことがあり、福永武彦の『完全犯罪　加田伶太郎全集』(一九七〇)や、北方の「ハードボイルド」作品の文庫本が何冊か並べてあったのがきっかけでした。チャンドラーのマーロウものも、村上春樹の翻訳が出版されて初めて読みました。

硬質な文体、一人称での語り、主人公の抱える虚無感、決して譲らぬ明白な自己の内的な規範、クールな中に感じさせるかすかな抒情性、というハードボイルド小説の持つ、ある共通点が、二人の作品にも見られます。

両者の違いはそれでも多くありますが、特に目立つ相違は、女性の描き方にあります。マーロウを取り囲む女性たちのほとんどが、小説の刊行当時のアメリカの、それぞれの社会的階層内での、人びとの先入観から逸脱しない類型として描かれており、若い女性たちに至っては、知性を感じさせない、ブロンドの美しい「人形」を思わせる人物も登場します。『さよなら、愛しい人』（一九四〇）の「へら鹿マロイ」や『ロング・グッドバイ』（一九五三）のテリー・レノックスに対するマーロウの友愛の情に比べて、筆者は、マーロウのうちにあるミソジニーを感じたほどでした。（しかし、刊行時の時代背景や読者層を考慮に入れれば、チャンドラー、マーロウを非難することはできません。小説や映画における、古い価値観をやみくもに否定することも問題だと思います。）

一方、北方の描く女性たちは、浅生の探偵稼業を「街に詩を書く」ことと最初に語った令子を始め、彼の中国大陸歴史小説でも、登場人物としては、男性に比べて圧倒的に少ないものの、女性たちはひとりひとりの際立った個性を持ち、年齢も多彩です。女性たちの中には、戦士として卓越した力を持つ者たちや、夫よりも数段上の力を持つ戦士であって夫を全力で守り抜く妻も、策略家も、薄幸美人も、愚かな若い妻も、中年女性の豪傑もいます。彼女たちは、ひとからげの女性観に括られていません。北方の小説が、多くの女性読者にも支持されているのは、男性の英雄たちの魅力はもとより、こうした女性の登場人物の多彩さによるためでもあるのでしょう。

秋の気配を感じる今、北方の主人公と共に「街に詩を書く」ために、モンゴルの原野の風に吹かれるために、本のページを繰ってみることをお勧めします。

（2021/08/31）

［注］

（1）北方謙三『罅・街の詩』集英社文庫、二〇〇一年。

（2）レイモンド・チャンドラー『プレイバック』村上春樹訳、ハヤカワ・ミステリ文庫、二〇一八年。

ジャック・チボーからセラフィマ・マルコヴナ・アルスカヤへ

一九一四年六月二十八日、オーストリア＝ハンガリー帝国の皇太子、フランツ・フェルディナントと妻のゾフィーが、サラエボで、帝国からの独立を求めるセルビアの青年に暗殺される事件が起こりました。一カ月後の七月二十八日に、オーストリアはセルビアに宣戦布告をし、ロシアはセルビアを支持し、ドイツとフランスは八月に総動員令を発令しました。ヨーロッパ諸国、およびアメリカ合衆国、日本も参戦した、史上最も多い死者を出した、第一次世界大戦が勃発しました。

第二次産業革命による戦闘兵器の近代化と、塹壕戦の膠着で、特にヨーロッパでの戦闘員及び民間人の死者は、膨大なものとなりました。フランスにおける死者は、戦闘員、民間人を合わせて一、六九七、〇〇〇人以上、当時の人口の四・二九％が亡くなりました。（第一次世界大戦における日本人の死者は四一七人。『赤毛のアン』の最後の続編において、アンとギルバートは、義勇兵としてヨーロッパ戦線で戦った息子の一人を亡くし、もう一人の息子も負傷します。銃後のカナダでのアンの娘たちの、アンとは全く異なった青春期も描かれています。）筆者の在仏時の一九七〇年代後半には、多くのフランス人家庭で、家族や親族にひとり以上の、この戦争の犠牲者がいると言われていました。十一月十一日の、第一次世界大戦休戦記念日（Armistice）には、フランス大統領は、青いヤグルマギクの造花を身に着けて式典に臨みます。（イギリスや英連邦では十一月十一日（Remembrance day）に、赤いケシの造花を胸に着けます。この大戦での最激戦地のフランス、ベルギー、ドイツの国境周辺の西部戦線地帯に咲く赤いケシの花は、兵士たちがこの土地に流した血の色であったからと言われています。）フランスで、第一次世界大戦を経験した最後の兵士は、二〇〇八年に百十歳で亡くなりましたが、七〇年代後半には、休戦記念日前後のニュース番組には、この大戦を生き延びた兵士たちへのインタビューや、戦時中の映像が流されていました。では、なぜヤグルマギク（bleuet）なのでしょうか？　この花の開花期は、夏です。筆者が在仏当時、現地のお年寄りに、大戦開戦当初の八月、動員されたフランスの兵士たちは、戦争は二、三カ月後、遅くとも初冬までには勝利のうちに終わり、その年のクリスマスには、家族や恋人とともに過ごすことを約束して、戦地までの列車に乗り込み、銃口にヤグルマギクを差して行軍した、ということから、この花を胸に着けるのだ、と聞きました。

第二次世界大戦に従軍し、ソ連軍によって三年間シベリアに抑留された父からも、「一番きれいだった頃」（茨木のり子の代表作の一つ、戦時中の青春を語る詩「わたしが一番きれいだったとき」）が戦時中であった母からも、戦争の話を詳しく聞かされていなかった、中学生時代の筆者にとって、近・現代の戦争を幾分なりとも知ったのは、『チボー家の人々』によってでした。開戦当初は、多くの人々が、すぐに自国が勝利し、戦争が終わると思いこむこと、戦いが泥沼化しても、為政者が敗戦を認めるまで多くの時間がかかること、戦後に至るまで、多くの兵士や民間人が、心身に癒しがたい傷を負うこと（ジャックの兄、アントワーヌはこの大戦で初めて使われた毒ガス兵器によって命を落とします）、これらのことを最初に学んだのは、『チボー家の人々』によってでした。

筆者は、『チボー家の人々』を読んで以来、多くの書物や映像を通して、第一次、第二次大戦について学びましたが、実体験のない筆者が、戦争の現実を、ほんのわずかですがあたかも実感したかのように感じたのは、スヴェトラーナ・アレクシエーヴィチの『戦争は女の顔をしていない』（日本語版は三浦みどり訳、群像社、二〇〇八年。二〇一六年には岩波文庫に収録された。

また、二〇二一年八月にはＮＨＫ Ｅテレ『100分で名著』で、沼野恭子さんによる解説で紹介された。）によってでした。第二次世界大戦時、ソ連では、百万を超える女性が従軍しました。パルチザン部隊や、非合法の抵抗運動に参加していた女性を含めて、五百人以上にインタビューをし、記録したのがこの書物です。さらに、この書物から女性狙撃手のセラフィマとその戦友たちの物語を紡ぎだしたのが、一九八五年生まれの逢坂冬馬のデビュー作、『同士少女よ、敵を撃て』です。フィクション、ノンフィクションの垣を超えて、書物は読者に戦争の現実を垣間見せます。

（2022/01/31）

酒井順子から清少納言へ

「首ちょんぱ」

「平家をぶっつぶせ」

二〇二二年一月九日の三谷幸喜脚本のNHK大河ドラマ『鎌倉殿の13人』初回での北条時政（坂東彌十郎）の台詞です。これらの台詞は、すぐにツイッターでトレンド入りをし、現代語による大河ドラマとして賛否両論を巻き起こしました。異を唱える人の意見も理解できますが、筆者は、こうした台詞に新鮮な驚きを感じました。酒井順子訳の『枕草子』を読んだ時と同じ驚きでした。筆者も酒井と同じく、春は、あけぼの。やうやう白くなり行く山ぎは、すこしあかりて、紫だちたる雲の、細くたなびきたる。

や、香炉峰の雪のくだりは、中学校の古典の授業で、知っていましたが、『枕草子』全編を読んだのは、酒井訳が初めてでした。日本文学全集七巻（池澤夏樹個人全集『枕草子　方丈記　徒然草』河出書房新社、二〇一六）の上野千鶴子による月報の、「清少納言という機知に富んだ才女」に同一化できる書き手は、現代では酒井順子をおいて他にはない、という言葉に、筆者は同意します。ただし、この二人の共通点として挙げられる数々の事柄の内、「意地悪な目で周囲も観察しながら辛辣な筆を使い……」のくだりについては、言語化するか（できるか）否かは別として、表に出さないまでも周囲への「意地悪」で「辛辣な」目は、千年の時を隔てたこの二人の随筆家に負けないほど、多くの女性が持っているものだと思います。

酒井が注目している数々の『枕草子』の文章の中で、一つだけ例を挙げてみます。それは、「匂い」に関する文章です。

七月頃、風が激しく吹いて雨などやかましく降る日、たいがいはすっかり涼しくなっているので扇も忘れている時に、汗の香がほんのり漂う綿入れの薄い着物をしっかりかぶって昼寝をしている気分はもう、最高。(『枕草子』第四十四段。「七月ばかりに、風いたう吹きて、雨など騒がしき日、おほかたいと涼しければ、扇もうち忘れたるに、汗の香すこしかかへたる綿衣の薄きを、いとよくひき着て、昼寝したるこそ、をかしけれ。」)

『枕草子REMIX』で、このくだりについて酒井は次のように解説しています。

雨が降って、湿度の高い晩夏、綿衣をひっかぶれば、湿度に溶けだした汗の匂いに包まれる。その時の快感はおそらく、幼児が自分の指をしゃぶりながら眠る時と同じようなものであり、昼寝から目覚めた時の寝汗すら心地よいものだったのではないかと、私は思うのです。

『枕草子』には、かぐわしい薫物への記述と並んで、自分の汗の匂い、牛車を牽く牛の腰や尻に廻してある紐の匂いなど、生き物の放つ臭気に惹かれるという記述があることに酒井は共感し、「高級な香水や石鹸の香りには決して反応しないような生理の奥底の部分を、それは刺激するのです」と書いています。

また、酒井は清少納言の職場（？）が、女子校の雰囲気を持つと述べています。後になって知りましたが、筆者は小学校の途中から高校卒業まで酒井と同じ学校の出身で、女子校の「のり」、「独立心」、独特の「楽しさ」、「わずらわしさ」、気に食わぬものへの「容赦のなさ」を思い出しました。酒井は、それらを『枕草子』に読み、自身が辛辣な、先生や友人への批評を書いて、こっそり授業中に回覧し合ったりした事とを、重ねあわせています。

酒井はまた、携帯メールでのやり取りと、平安時代の貴族たちの、美しい紙に季節の花を一枝添えての和歌のやり取りとの関連も述べています。そのくだりを読んで、筆者は、二〇〇〇年代初頭のインターネット・ブログによる、連続同人小説（一九六〇年代までは、詩歌や小説、評論などの同好の仲間による、資金を出し合っての機関誌であったが、一九七五年のコミックマーケットの始まりとともに、主流は、漫画やアニメをもとにした二次創作同人誌、さらに俳優や歌手を主人公にしたブログ内「同人誌」のようなものも生まれました）を思いました。当時、筆者が毎日更新を楽しみにしていたのは、ある男性アイドルグループのメンバーを主人公にした、西洋中世の騎士物語風の同人小説で、実像はどうあれ、当時、このグループのメンバーの一人一人には、はっきりした個性がメディアによって作られ、ファンによって承認され、ほぼ「公式」化されて、それをもとにした人物像や行動、台詞が物語を展開させるというものでした。こうした、ある種の二次創作は、当時ネットには無数に存在し、読者は、なんとなく知っている虚実の狭間の主人公と物語世界を、見知らぬ無数の同好の士と共有していました。当時、これは『源氏物語』が書かれ、その写本を、菅原孝標女が夢中になって読んだような、半ば閉ざされた濃密な世界の読書体験にも通じるのではないか、と、筆者は思っていました。もちろん、ブログの俗っぽい同人小説や、スマホでの文法も無視したような軽いやり取りや、よりに選った美しい紙や花の一枝の代わりのお仕着せのスタンプを添えたネットメッセージは、所詮、「下衆」の所業でしかありませんので、平安時代の貴族たちの雅な世界とは、比べようもありませんが。それでも、酒井訳の『枕草子』が、千年の時を超えて、筆者の共感を改めて呼び起こしたように、現代の人々の営みや想いの中に、平安時代と時を超えた繋がりを見出すことは、読書がもたらす発見であり、喜びではないでしょうか。

（2022/03/31）

「アガサ・クリスティー賞」から「本屋大賞」へ
時代も、国も、環境も異なる人達を、心の底から好きになって、信じられないほど感情移入した。

読んでいる間中、ずっと、感情の限界がギリギリで、何度も決壊しながら読み進めた。

読書はこんなにも、人間を揺さぶり、壊して、建て直す事ができるのだ、そう思わされる壮絶な体験だった。

私はこの本を誰かに繋げていかなくちゃいけない、そうやって生きていきたいと強く思う作品だった。

（山口榛菜（岡本書店恵庭店）による選評。『本の雑誌　増刊　本屋大賞2022』本の雑誌社、

二〇二二年四月、六頁）

本屋大賞は二〇〇四年の第一回から、二〇二二年で十九回目になりました。本屋大賞実行委員会が主催し、全国の新刊書店員（アルバイト、パートを含む）が投票資格を有し、その投票結果のみで「いちばん！ 売りたい本」が決まります。第一次、二次の投票が行われ、二次投票では、一次の上位十作品をノミネート作品とし、その十作品をすべて読んだうえで、改めて推薦理由とともに投票するというシステムです。本屋大賞が始まった時、筆者は「サン・ジョルディの日」の様に、毎年大して話題になることもなく、本好きの間でも、なんとなくフェイドアウトしてゆくのではないか、と危惧していました。しかし第一回の受賞作は小川洋子の『博士の愛した数式』で、ベストセラーになりました。小川はそれより十年以上前に、すでに芥川賞を受賞していますが、この本によって、本屋大賞は初回から成功を納めたと言えます。以来、歴代の受賞作の中には直木賞とのダブル受賞もありました。長年、直木賞の選考委員を務めた北方謙三は、直木賞と本屋大賞の違いを、直木賞は、たとえエンターテインメントとして地味な作品であっても、作品としての深さを評価してきた、と、述べています。一方、本屋大賞は、読み易さ、分かりやすさ、面白さ、大衆性や流行に寄りすぎてはいないと、筆者は思います。それは、書店員という、控えめに言って本好きの選者たちによって選考されていることにあるのではないでしょうか。二〇二二年の本屋大賞は、この賞が、その時点での時事問題を反映しうることを明らかにしました。それもまた、本屋大賞の大きな存在意義の一つです。

二〇二二年度の本屋大賞候補作品十点が発表された時、二〇二一年下半期の直木賞を受賞したばかりの米澤穂信の『黒牢城』が含まれているのを知り、逢坂冬馬のデビュー作であり、第一一回アガサ・クリスティー賞受賞作『同志少女よ、敵を撃て』が、本屋大賞を受賞するとは、筆者は思っていませんでした。逢坂冬馬も候補に入っていた直木賞では、選考委員の作家たちの選評において、米澤と今村翔吾への評価が群を抜いて高かったためでもありました。当連載でも同書を取り上げましたが、筆者は雪下まゆのカバー挿画と沼野恭子さんの帯の推薦文（本書巻末にも推薦文が掲載されています）を見て、ジャケ買いし、一読してこの作品に引き込まれました。そのため、直木賞を受賞して、この本が多くの読者を得ることを願っていました。その願いが叶わなかった後、この本が本屋大賞を得ました。それは、本屋大賞の選考時期が、第一次が二〇二一年十二月一日から二〇二二年一月三日まで、第二次が一月二十日から二月二十八日までであったことによって、書店員のジャーナリスティックな視点をも反映したのだと思います。二〇二二年二月二十四日にプーチン＝ロシアによるウクライナ侵攻が始まりました。受賞後に書店に平積みにされている本書を手に取ったほとんどの読者が、ナチス＝ドイツと（当時はウクライナを含んでいた）ソビエト連邦との、第二次世界大戦で、大日本帝国の（統計によって違いはあるものの）十倍ほどの戦死者を出したこの戦争と、メディアで報じられるロシアとウクライナの戦争によって、日々報じられるロシアによる多くの子供たちを含む市民や兵士への残虐な殺戮を、鏡像のように受け取ったと思います。被害者にして加害者＝ロシアは、誰でも、どの国家でも戦争という狂気のさなかには、加害者になりうるということを知らしめました。同書を読んだ人々、あるいは読書を愛する人々は、ロシア・ヘイトに加わったりはしないはずです。

以下は逢坂冬馬の受賞の言葉です。

しかし、私は「ロシア」という言葉を思うとき、プーチンの支離滅裂な声明やラブロフのたわ言ではなく、あの国から聞こえる小さな声に耳を傾けたいと思います。〔……〕理念なき異形の独裁国家、現代ロシアにあって、自ら思考することを放棄せず、身の危険にさらされながらも正しいことのために抵抗する人々がそこにいるかぎり、私は悲しみはしても絶望することはありません。

セラフィマ（『同志少女よ、敵を撃て』の主人公）が今のロシアにいたならば、彼女は決して絶望しないでしょう。ただ一人、あるいは傍らにいる一人と共に街頭に出て、抗議活動に加わるのだと思います。

ですから私は絶望するわけにはいきません。希望のための小説を書きます。

（2022/05/31）

『九三年』から『ヴァンデ戦争——フランス革命を問い直す』へ

教会周辺に群がって青ざめていた村人たちが餌食にされる。銃で撃たれるもの、殴り殺されるもの、踏み殺されるもの、ありとあらゆる方法での殺戮が無抵抗の村人を襲った。ひとり残さず、全員殺された。〔……〕年齢を見ていくと名前などが判明している四五八人のうち、七歳以下の子供が一〇九人もいる。全体のおよそ四人に一人にあたる。二歳以下の乳・嬰児でも四一人いるのだ。〔……〕性別を見ても女性犠牲者の割合が多い。男性一九九人に対して、女性は二五九人が殺されている。男性より二三パーセント以上も多く女性が犠牲になっている。子供を守るために逃げ遅れたものと思われる。

（森山軍治郎『ヴァンデ戦争——フランス革命を問い直す』ちくま学芸文庫、二〇二二年、

四二二―四二五頁）

二〇二二年二月二十四日からのロシアによるウクライナ侵攻と二重写しになる様なこの記録は、森山軍治郎によれば、ヴァンデ県のリュック・シュル・ブローニュ村で、一七九四年二月二十八日に起こったことを、リュック司祭のバルベデットが、一七九四年三月三十日までに、虐殺を逃れた村人たちの報告から、残したものです。

筆者が高校時代に世界史の授業で学んだ「ヴァンデの乱」は、「一七八九年のフランス大革命に対する、時代に取り残された頑迷な王党派・カトリック教徒＝農民と、その領主たちによる反革命」というものでした。当時の日本やフランスでの学生運動による反体制の機運の中で、「革命」という言葉が喧伝され、フランス革命をその原点として美化する傾向が、筆者にも強くありました。

その後に読んだ、ヴィクトル・ユゴー（図2）がこの戦いを描いた『九三年』は、大革命後に新たに人々の意識に上った、森や沼のなどの自然、廃墟という背景のもと、いずれも創作上の人物である三人の主人公、王党派の中心となる司令官の老人ラントナック伯爵、共和派の革命軍のもと司祭シムールダン、彼のかつての教え子であり、ラントナックの甥である革命軍の若者ゴーヴァン子爵の人物像、とりわけ崇高な精神をもったゴーヴァンや、ロマン主義的な小説世界に、筆者は魅了されました。それと同時に、「ヴァンデの乱」が、フランス国内で六十万人と言われる（その大半はヴァンデ地方の住民たちですが）死者を出した内戦であったことに改めて気づきました。以来、「ヴァンデの乱」はずっと意識の中にはあったのですが、（一九九六年に筑摩書房から刊行され）二〇二二年五月に「ちくま学芸文庫」として刊行された『ヴァンデ戦争――フランス革命を問い直す』によって改めて学びなおすことができました。

森山の論考によって、新たに明らかにされたのは、陳情書などからこの地方の革命以前の記録を詳細に調べてゆくと、ヴァンデは、「分断的・閉鎖的な、経済的に特に遅れた地方」ではなかったこと、「ヴァンデ戦争」の直接の原因は、フランス革命直後の外国との戦争のための徴兵制と、裕福なものにはそれを回避する術が法制化されていることに対する不満であり、カトリック擁護、王党派というのは、むしろこの地方の領主や貴族階級がこの戦いに加わってからの主張であったということでした。以来、この地方の保守的傾向は、ヴァンデ戦争での共和政府軍の残忍な姿勢と鎮圧の実態が、ヴァンデの民衆の意識を固定化した結果ではないか、という森山の論は説得力を持っています。

『九三年』からシムールダンとゴーヴァンの共和派の師弟の終章での対話と、『ヴァンデ戦争』の森軍治郎の論考の締めくくりの部分を以下に引用します。

ゴーヴァンは話しつづけた、

「女性についてはいかがですか？　女性をどう扱われるおつもりですか？」

シムールダンが答えた。

「いまと同じさ、男性の奉仕者だよ」

「そうです。ただひとつの条件つきで」

「どんな条件だ？」

「男性が女性の奉仕者になるという条件です」

「本気でそう思うのか？」と、シムールダンが叫んだ。

「……」

「つまり、きみが望んでいるのは、男女間の……」

「平等です」

「平等だと！　本気で言っているのか？　男と女は別のものだ」

「わたしは平等と言ったのです。同じものと言ったのではありません」

（『九三年』三六七―三六八頁）

自由と平等だけで言うなら、個人の自由が前面に出れば真の平等はなくなり、無理に平等を押しつけると個人の自由がなくなってしまう。ある意味で、フランス革命はそのジレンマの中での模索だった。しかし人間的問題がそう短期間では解決しないものだということを考えると、愛や友情から人間関係、社会を考え直していくことが問われるだろう。友愛から自由や平等をこころの中で見つめていくことの重大さをヴァンデの民衆は教えてくれた。

（『ヴァンデ戦争――フランス革命を問い直す』四六一頁）

（2022/06/30）

II

「美人画」から「社会画」へ

東京の桜も少し盛りを過ぎ、桜吹雪が舞い始めたころ、筆者は歌舞伎座で森鷗外原作の『ぢいさんばあさん』を、片岡仁左衛門、坂東玉三郎の主演で観劇しました。江戸番町の美濃部伊織と妻のゆんは、評判の鴛鴦夫婦でしたが、伊織は、一年間単身で京都勤めをすることになります。庭の盛りの桜のもと、翌年の再開を誓い別れますが、伊織はふとしたことから同輩を切ってしまい、越前にお預けの身になり、二人は、伊織の罪が許される三十七年後にようやく自宅の桜の下で、再会します。前半の若い夫婦の初々しさ、後年の白髪となった二人が寄り添って交わす想いなど、小品ながら美しい芝居です。

この「新歌舞伎」は、例えば江戸時代の歌舞伎作者、鶴屋南北、その後継者と称される河竹黙阿弥と比べると、西欧的な骨格を持っています。南北や黙阿弥の芝居にこそ、歌舞伎の面白さ、神髄の一つがあると筆者は考えますが、しかし『ぢいさんばあさん』は、今後も上演され続けてほしい芝居です。

ほどなく、筆者は皇居のお堀端の名残の桜を見つつ、東京の国立近代美術館の、『鏑木清方展』を訪れました。鴎外の弟、三木竹二責任編集の『歌舞伎』では、一九〇〇年の創刊号から清方は挿絵や劇評を担当していますので、鴎外の芝居と清方の展覧会は、筆者の中で桜を介して繋がっているような気がしました。

何度か所有者が不明となり、近年再発見された清方の『築地明石町』は、美しく気品のある、やや憂いを帯びた女性が描かれており、さすが「美人画」の名手と称賛されるのも当然のことと思わせられます。しかし、現代ではルッキズムに繋がるこの「美人画」という分類について、文筆にも長けていた清方は以下の様に述べています。

需《もと》められて画く場合はいはゆる美人画が多いけれども、自分の興味を置くところは生活にある。それも中級以下の階級の生活に最も惹かるる。

私は色々な生活の中で何故か、明治の庶民生活に一ばん心惹かれる。

（鶴見香織「鏑木清方　生活を描いた画家」『没後50年　鏑木清方展』図録、東京国立近代美術館、京都国立近代美術館、二〇二二年、一五頁）

清方自身が「いはゆる美人画」と述べているように、彼は、この言葉に違和感を持っていたようにも思えます。

「美人画」については、

人の絵を描くに、手とか足とかを、あげたり、さげたり枉《ま》げたりしている人間の形が美しいと思ふが、自分の感興は形よりも季節を人間に感じて、季節と人間との間に、自然と融合されて来た何かの美しい感覚によって、大抵の場合は絵を作ってゐる。（同書、一七頁）

東京会場では、清方絵画の本質を「生活を描いた画家」として、展示の仕方を工夫して、編年体の展示とはしていません。

清方は「美人画」を描こうとしたのではなく、季節と人間との間の「何かの美しい感覚」を描こうとし、それは日本において古来のものではありますが、清方の絵画で、それが情緒や俗に流されることなく凛とした美しさを保ち続けているのは、鴎外の作品にも通底する、一歩退いて西欧的論理や思考から見直したものの「美」であるからではないでしょうか。

(2022/04/30)

《ラス・メニーナス》から《フォリー＝ベルジェールのバー》へ

マネに見られる明るい色彩、技法の単純化、ヴァルールの否定、フォルムの平面化――それは「自然の模倣」としての絵画伝統に対する大胆な挑戦にほかならない。しかし、そこにすでに後年のフォーヴィスムの萌芽を見ることができるように、このような方向は絵画の現実からの独立、再現的役割の否定を予想する。それが近代の必然的帰結であるとすれば、それはやがて近代のもうひとつの帰結、近代的現実への関心との間に矛盾をはらまずにはいないだろう。

（宮川淳「絵画における近代とはなにか」『美術史とその言説』、水声社、二〇〇二年、一六頁）

練馬区立美術館で二〇二二年九月四日から、十一月三日まで開催されている「日本の中のマネ――出会い、一二〇年のイメージ」展は、練馬区立美術館が開館（一九八五年）以来企画し続けてきた、独自の視点を持つ展覧会の一つです。日本にあるマネの作品は極めて少なく、そのためこの展覧会に出品されているマネの作品も少数です。また森鷗外による「エミル・ゾラが没理想」（『しがらみ草紙』第二十八号、一八九二）に端を発する、一九〇〇年代初頭の日本の画家たちによるマネの作品へのオマージュと言える作品の数々の展示も、興味深いものです。しかし、筆者がもっとも興味を持ったのは、森村泰昌と福田美蘭の作品でした。とりわけ福田美蘭の作品は、展示されている一一作品の内九作品が二〇二二年の制作で、本展覧会のためのマネを巡る新作です。《つるばら「エドゥアール・マネ」》は、福田自身が述べているように、「〔マネ〕自身が個人的に魅力を感じていた筆触の自立性や、イメージを操作しつつ画面を構成していく手法という絵画の探求」（前掲図録、一五六頁）を、二〇〇六年にフランスで作出された「エドゥアール・マネ」という華やかな薔薇の画像に、ネット上にある数々のマネの作品の断片をランダムにあわせることで実践したもので、そのままひとつのマネ論になっています。

印象に残ったもう一つの作品は、《ゼレンスキー大統領》（**図3**）で、大画面に描かれたこの作品に筆者はしばしば釘付けになりました。《皇帝マクシミリアンの処刑》や、本展にも出品されているパリ・コミューンに取材したリトグラフの作品《バリケード》などで、マネは同時代の歴史的事件を描いています。《ゼレンスキー大統領》は、「意味も感情も取り除いたように現実を冷静に現わしていること〔……〕膨大な情報が混在するなか、現実は不明瞭であるという現実表象の不確定になる時代を、マネは絵画によって目に見えるかたちにしたのではないか」（前掲図録、一五四―一五五頁）という福田のマネ論のひとつの帰結としての作品です。筆者には、絵画のなかのゼレンスキー大統領の眼差は曖昧でうつろにも見えました。それは福田が指摘するように、テレビカメラに向かって語りかけるゼレンスキー大統領の眼差が生みだすものは、近代が生み出した眼差であり、そして日常に入り込んでくる、テレビ、インターネット、ユーチューブなどによって、ほぼ無限に拡散される映像であり、「現実表象の不確定性」はますます増大・拡大しています。それは《フォリー゠ベルジェールのバー》のバーメイドの、意味へと深入りをさせない眼差、見るものをはぐらかす、曖昧でうつろな眼差と重なり合います。

マネが敬意を持ち続け、多くの模写を行い、特に人物像についてその描き方を参照したベラスケス。三浦篤は、《フォリー゠ベルジェールのバー》は、「また視線が交差する巧緻な表現を仕込んだという意味でも、マネ芸術を総合するような意義を有している。ベラスケスの《ラス・メニーナス》にも比せられる、西洋絵画を展開させるような傑作といえよう」(前掲図録、一五四―一五五頁)と述べています。

《ラス・メニーナス》と同様、《フォリー＝ベルジェールのバー》にも、鏡が描かれ、見るものの側にいるはずの、鏡に映る画面の外にいる人々も描かれています。たとえば鏡像としてのみ画面上に描かれているシルクハットの紳士、《ラス・メニーナス》では、画家のモデルであるスペイン国王フェリペ四世と王妃マリアーナにあたります。

一九七〇年代初頭、成城大学の宮川淳先生の仏語外書購読の授業で、筆者は、ミシェル・フーコーの、邦訳が出版される前の『言葉と物』の第一章、「ラス・メニーナス」を輪読しました。筆者に限っては、当時、ほぼ理解不能であったフーコーの論考と、この二つの絵画の、鏡と眼差とイメージは、いまだ宮川淳先生の多くの著書とともに、宙吊りのままになっています。宮川先生の逝去は、一九七七年の十月でした。二〇二二年で四十五年が過ぎました。先生の論考は、ベラスケスの絵画、マネの絵画がそうであるように、ブランショやフーコーの著作のように、少しも古びることなく、多くの人を捕らえ続けてゆくことでしょう。

プレザンスということば、もっと正確にいえば、イマージュのプレザンスという、存在論的にいえばおそらく矛盾した使い方についていえば、ぼく自身としては、意識のあり方（自己現前）を指すのでないことはもちろん、存在がわれわれの前にあらわれるあり方を語るボンヌフォア的なことばでもなく、逆に存在の遠ざかり、不在のきらめき、イマージュの魅惑を語るブランショ的な用法だったのだけれども。

（宮川淳「一九七六年八月二十二日　パリにて阿部良雄へ」『美術史とその言説』、水声社、三五二―三五三頁）

（2022/10/31）

《イジドール・デュカスの謎》から《フェルー通り》へ

教会の前の広場に面した古い神学校を、ぐるりと取り囲んでいる高い壁のはずれたところに小さな扉があった。〔……〕そこから、わたしにはなじみだったその界隈を歩いてみた。ここはパリのなかでも古いほうの地区の一つで、閑静で、ほとんど田舎みたいだった。モンパルナス地区とサン＝ジェルマン＝デ＝プレ地区との中間に位置していた。
（『マン・レイ自伝　セルフ・ポートレイト』千葉成夫訳、文遊社、二〇〇七年、五二六頁）

一九七六年の初秋、パリのサン＝シュルピス教会の周辺を歩いた時、マン・レイの作品《フェルー通り》（図4）に描かれているのは、この通りであると教えられました。マン・レイは、この

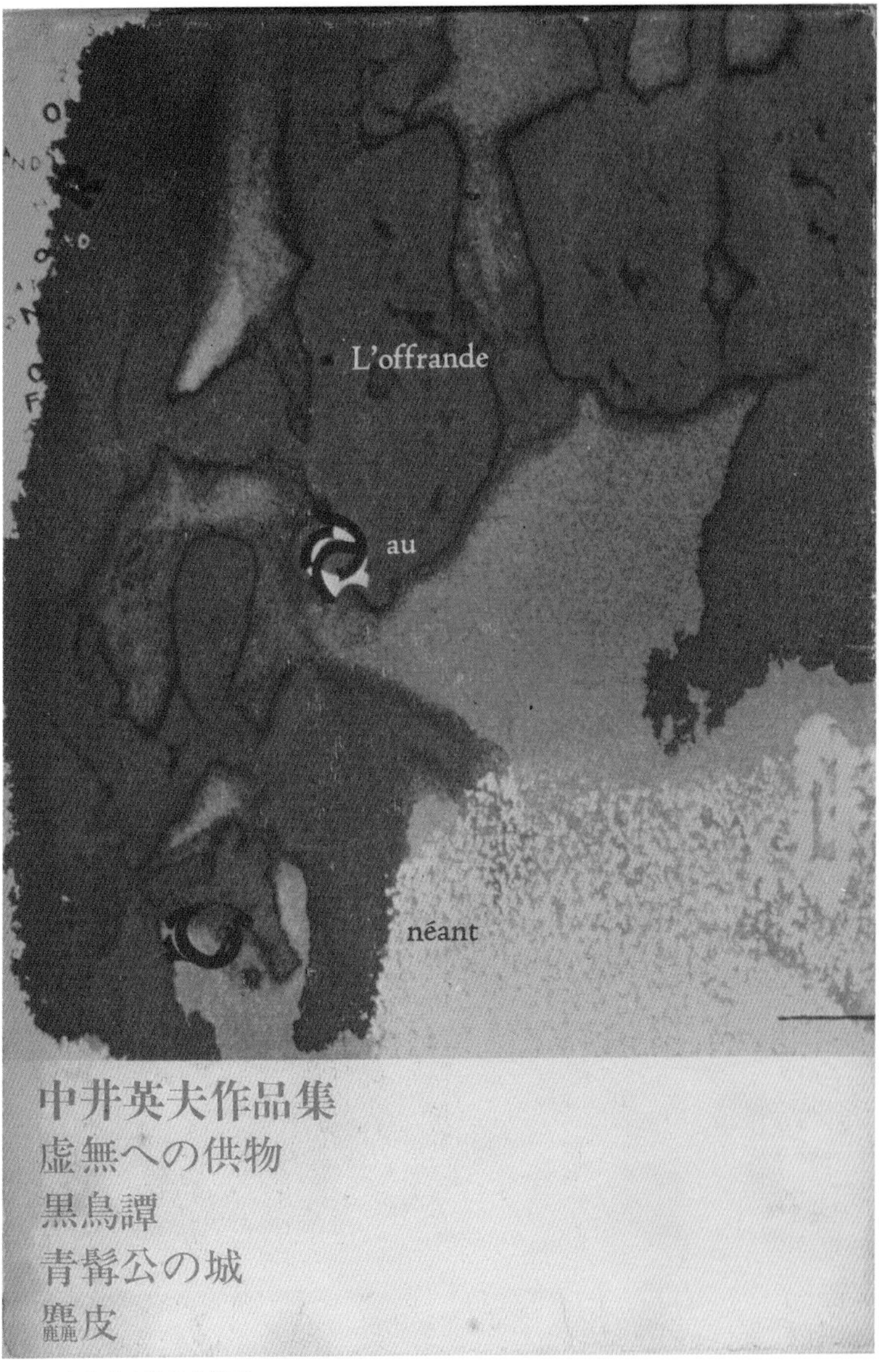

図 1　中井英夫作品集外函
三一書房，1969 年

図2　ヴィクトル・ユゴー　1873-74年頃

図 3　福田美蘭《ゼレンスキー大統領》2022 年
練馬区立美術館蔵

図 4　マン・レイ《フェルー通り》1952 ／ 1957 年

図5　ジャンポール・ベルモンド
映画『リオの男』パンフレットより

図6　アルフレッド・ドレーフュス

図 7　拭き掃除
昭和のくらし博物館蔵

図８　ジュリー・クリスティーとドミニック・ガード
映画『恋』のパンフレットより

通りにあったアトリエ兼自宅で、この年の晩秋に亡くなりました。それはパリの街中でも不思議なほど静かな通りで、そのころは昼でも人通りがほとんどありませんでした。この絵画にはマン・レイがその五十年前に作成したオブジェ《イジドール・デュカスの謎》が荷車に乗せられて描かれています。この、濃い灰色の毛布の中には、『マルドロールの歌』の中の一節「解剖台の上でミシンと蝙蝠傘が偶然出会ったように美しい」にちなんで、ミシンと蝙蝠傘が入っているのではないか、と言われていましたが、実際にはミシンのみが入っていたり、一九七四年の《フェルー通り》には、このオブジェにかかっていた紐がない、など、オブジェ自体はもとより、それにまつわる謎も多い作品です。

二〇二二年十月二十日から二〇二三年一月十五日まで「マン・レイのオブジェ　日々是好物／いとしきものたち」が、DIC川村記念美術館で開催されていて、筆者は同展を訪れました。また、「マン・レイと女性たち」が、二〇二一年七月から九月までのBunkamuraザ・ミュージアムを皮切りに開催され、筆者は二〇二二年十月二十二日から二〇二三年一月二十二日まで神奈川県立近代美術館葉山館で開催されている同展を訪れました。

我々と他の動物とを区別するものはほんのわずかしかない。それは何の役にも立たないものを作り出す我々の能力だ。〔……〕芸術に進歩はない。やり方がいくつかあるだけだ。
（ピエール・ブルジャッド『マン・レイとの対話』松田憲次郎・平出和子訳、水声社、一九九五年、一一四―一一五頁）

マン・レイがその作品制作の初期から、キュビスムや未来派をはじめとする二〇世紀美術界の様々な影響下にあったとはいえ、どのようにしてあれほどの斬新な作品を次々と生み出していたのかは、筆者にとっては長い間謎でした。

しかし、連続して上記の二つの展覧会を訪れ、『マン・レイ自伝　セルフ・ポートレイト』の翻訳を読み、筆者は彼の前衛性の源を、おぼろげながら垣間見たような気がしました。アメリカ時代の、写真家スティーグリッツや、渡米していたマルセル・デュシャンとの親交はその源の一つです。そして最初の妻であり、ベルギー出身の詩人、アドン・ラクロワ（彼女はフランス語でボードレール、アポリネール、そしてシュルレアリストたちに「発見」される以前にロートレアモンの作品を朗読し、英訳して彼に聞かせました）、さらにキキ・ド・モンパルナス、彼の写真の弟子となったリー・ミラー、非白人のファッションモデルとして高級モード誌にほぼ初めて登場したアドリエンヌ・フィドランなど、それぞれ自立心を持ちつつ、自由な魂の持ち主でした。

キキが写真のモデルはいやだと言った理由の一つは、写真家が画家よりも欲望をあらわにするということでした。ところがマン・レイはその反対で、撮影中にもキキを道具扱いせず、自由にふるまうにまかせ、ときには彼女自身のアイディアもとりいれ、演出を支配ととりちがえるようなことはしなかったようです。

（巖谷國士監修『マン・レイと女性たち』平凡社、二〇二一年、一六頁）

とは言え、筆者はキキをはじめとして彼の周囲の女性たちの多くは、フィルムや絵画やオブジェに定着された、マン・レイのミューズとしてのみ認識されているようにも思えます。キキも歌や踊りばかりではなく、文章や絵にも才能があったことはマン・レイの手記からも分かります。反骨精神とウィットに富む会話と大胆でありながら繊細さを併せ持ち、恋人の前では従順であるキキの様な女性を、マン・レイばかりではなくこの時代の芸術家たちが求めていたのだと思われます。キキをモデルとした彼の作品のうち、とりわけ有名で、「マン・レイと女性たち」展でもアイコンの一つになり、『マン・レイとの対話』でも装幀の一部に使われているのは《ヴィオロン・ダングル Violon d'Ingres》ですが、（筆者はこの作品の価値やアイロニーを認めますが）違和感も禁じえません。しかし、こうした筆者の思いに対してのマン・レイの答えも、すでに用意されていることに気付きました。

審判に立たされているものがいるとすれば、それは見る人の方なのだ。

（『マン・レイとの対話』一五九頁）

（2022/12/31）

キーファーからドナルドへ

若い映画ファンの友人と、お気に入りの映画俳優について話していて、邦画ではお互いに成田三樹夫（成田三樹夫とドナルド・サザーランドとの共通項は、bizarre あるいは odd な役も得意というところでしょうか）とわかった時、彼女に、「ドナルド・サザーランドはどうですか？」と尋ねられ、即座に意気投合しました。

日本版の『24』はこの秋放映が始まりましたが、アメリカ版の『24』の主演俳優で、アメリカはもとより日本でも人気となったキーファー・サザーランドは、ドナルドの息子で、筆者は、ちょうど歌舞伎ファンが当代の役者を語る時、先代、先々代を語らずにはいられないように、キーファーを（彼はドナルドより少し丸顔で、ずんぐりしていたので、ドナルドのような個性的な俳優にはならないとは思いましたが）気にかけていました。彼が少し有名になったのは『スタンド・バイ・ミー』（一九八八）の不良グループのリーダー、エース役でしたが、その後、多くの二世俳優が出演した『ヤングガン』（一九八八）のドク役で注目されました。

ドナルド・サザーランドは、当初はカナダ出身の、手足の長い、のっぽの青年でしたが、『マッシュ』（一九七〇）のホークアイは当たり役でした。『鷲は舞い下りた』、ベルナルド・ベルトルッチの『一九〇〇年』も一九七六年公開です（『一九〇〇年』の日本公開は一九八二年）。前者ではアイルランド独立派の（動物と意志の疎通ができる）工作員役で、この映画はチャーチル誘拐を企てるという（当然失敗しますが）、第二次世界大戦のドイツ側の工作員たちを主人公にした珍しい佳作です。後者はイタリア現代史の大河作品ともいうべきもので、バート・ランカスター、ロバート・デ・ニーロ、ジェラール・ドパルデュー、アリダ・ヴァリ、ドミニク・サンダ、ステファニア・サンドレッリをはじめとする、伊・米・仏の俳優たちが共演した、ノーカット版五時間以上の大作です。ドナルドはこの作品でファシストの幹部としてのし上がってゆく青年を演じて強い印象を残しました。

また、筆者にとっての彼の出演作ベストワン『フェリーニのカサノヴァ』もこの年の公開です。チネチッタのスタジオに作られたヴェネチアで、白塗りの化粧をした、フェリーニの述べる「空虚な肖像」としての彼の扮するカサノヴァは、女性の姿の自動人形と、無人の氷結したカナル・グランデで、回転し踊りながら闇へと消えてゆきます。

（2020/10/31）

『オーシャンズ11』から『ストーリー・オブ・マイライフ　わたしの若草物語』へ

『オーシャンズ8』は、シナトラ主演の『オーシャンと11人の仲間』から、『オーシャンズ13』へと連なる、男性たち中心のクライム・コメディーの女性版です。このシリーズの主人公ダニー・オーシャンの亡きあと、その妹、デビー（サンドラ・ブロック）を中心に、アメリカ、イギリス、オーストラリア、インド系、アジア系、アフリカ系と、出身も年齢も異なる女性たちが、それぞれの特技と絶妙なチームワークで、ニューヨーク・メトロポリタン美術館のメットガラで披露される数々の宝石と、カルチエのネックレスを手に入れるという物語です。この映画のアメリカでのプレミアム上映（二〇一八年六月五日）のわずか十日前に、映画プロデューサー、ハーヴェイ・ワインスタインの、地位を利用した数十年におよぶセクシャル・ハラスメント（レイプ、性的行為の強要など）に、禁固二十三年の実刑判決が下りました。ハリウッドでも日本でも、こうした告発が行われた二〇一七年から二〇二〇年にかけては、長い間闘われてきたフェミニズムがほんの少しだけ、前進したかのような感がありました。この映画のなかで、筆者が最も好きなシーンは、首尾よく宝石を手に入れた後、八人の女性たちが、美術館で続くパーティーに向かって、それぞれに似合う美しいドレスで、ひとりひとり会場へ続く階段を下ってくるところです。願わくば主人公たちが、そして演ずる俳優たちが、「自らもっとも着飾りたいと選択し」（ベル・フックス『フェミニズムはみんなのもの　情熱の政治学』（堀田碧訳、新水社、二〇〇三）、六五頁）た結果として、自ら選んだドレスを着て、このシーンが撮影されたのであってほしいと筆者は思っているのですが……。

二〇一九年に製作され、二〇二〇年六月に日本で上映された『ストーリー・オブ・マイライフ　わたしの若草物語』（この映画の長い邦題は、原作小説とこの映画の原題“Little Women”を踏まえたうえで、二〇一九年に作られたこの映画作品の製作意図を表しています。この映画は、現代のひとりひとりの女性に、「私の物語」として読み直されるべきなのでしょう）で、筆者の一番好きなシーンは、主人公のジョー・マーチ（シアーシャ・ローナン）が、小説の原作者、メイ・ルイーザ・オルコットと同様に、出版社で、作家として、自らの著作に対する権利を勝ち取る場面です。小説でも、映画でもジョーは伴侶を得ますが、オルコットの方は小説の版権を得、作家としてひとり立ちしましたが、生涯独身を通します。出版社の意向によって、「主人公の女性は、結婚するか、死ぬしかない」という当時の原則に従わざるを得なかった百五十年前に、オルコット自身は、自らの意志を通したのです。もうひとつ、ジョーとローリィの二人と、マーチ家の末娘エミィとの関係は、今回、原作を再読したところ、筆者は、マーチ家の四姉妹とローリィとの「シスターフッド」(Sisterhood)なのだと腑に落ちました。ローリィは、当時の(そして今も続く)既成概念に捕らわれない、ジェンダーを越えた、少年、そして青年として、四姉妹のシスターフッドに共鳴したと言えます。男性の皆さんにも、是非この映画を、そして原作をお勧めします。

(2020/12/31)

『わんわん物語』から『わんわん物語』へ

ディズニーの長編アニメーションは、近年の『アナと雪の女王』1（二〇一三）と2（二〇二〇）を経て、多くの子供たちの人気の的となっています。ディズニーのプリンセス・シリーズにして、〈ディズニールネッサンス〉の先駆けとなったのが、『リトル・マーメイド』（一九八九）であることは、良く知られています。アンデルセン原作の『人魚姫』の悲劇は、ハッピーエンドとなり、ヒロインのアニエスは、明るく聡明で、アンダー・ザ・シーの世界から、未知の地上への好奇心と冒険心を持つ女性として描かれています。そうしたヒロインは、『美女と野獣』（一九九一）のベル、『アラジン』（一九九二）のジャスミンへと受け継がれ、「アナ雪」姉妹の〈シスターフッド〉へと進化しています。

ディズニー・アニメのもう一つの大きな支柱は、動物シリーズです。『わんわん物語』（一九五五）は、筆者が幼稚園児の時に封切られ、筆者にとっては現代の子供たちにとっての「アナ雪」に負けないくらいのマイブームとなりました。原題は“Lady and Tramp”で、（一九五〇年代の東宝青春映画風に）「お嬢さんと風来坊」とも訳せます。ヒロインの〈レディ〉は美しいコッカー・スパニエル犬で、その世間知らずでいながら、主張もし、ちょっと気の強い性格、その表情の豊かさやチャーミングな仕草は、今見返しても魅力的です。彼女のキャラクターは、一九五〇年代当時の、アメリカ合衆国の中産階級の若い白人女性の理想像であったと感じます。一方のトランプは、どうやらイタリア系アメリカ人のコミュニティに属すると思える野犬で、勇敢で、腕っぷしが強く、利発な自由犬である一方、浮気なお調子ものであり、レディや仲間の窮地を救うヒーローです。とかくプリンセスものの王子の影の薄さに比べると、彼はやはりこの時代の理想の男性像のひとつのパターンでもあるでしょう。

二〇一九年にその実写版が、『わんわん物語』として制作され、ディズニー・チャンネルで配信されました。トランプはともかく、レディや彼女の友人の犬たち（レディの住むディア家の隣の愛犬、スコッチテリアのジョックは、スコットランド訛りとその血統を誇りにし、タータンチェックの服を纏った雄の老犬（?・）でしたが、実写版では雌犬となっています。スコットランド人に対するステレオタイプの思い込みを避けるための配慮でしょうか？）のビジュアルの再現性は高いものの、一九五五年のアニメ版との決定的な違いは、レディの飼い主の裕福なディア家の若い夫妻の妻、ダーリングがアフリカ系の女性であり、悪役（？）のセーラおばさんもアフリカ系であることです。このアニメの舞台となっている時代は、服装、街並み、乗り物などから、『若草のころ』（一九四四）の舞台である一九〇〇年代初頭と思われます。あえてこの時代設定において、アフリカ系の女性を人間社会での主人公とした、実写版がこうした〈ユートピア〉を設定したことは果敢な挑戦と言えます。二〇二三年には実写版『リトル・マーメイド』のアリエルをアフリカ系の女性ハリー・ベイリーが演じ、上演前の賛否両論も上演後には絶賛の声が多くなっています。しかしそもそも、「ライオンキング」をはじめとする、動物ものの実写版に、どんな意義があるのでしょうか？（主人公ライオンのシンバの性器は消されていますし、そもそもCGを駆使しての「実写」であることや、動物福祉の面からも疑問があります。）

（2021/02/28）

ジャン＝ポール・ベルモンドからルパン三世へ

「好きな俳優は？」「ホッホッホ、ジャン・ギャバン」

「海老蔵？　あんな下駄の裏側みたいなのがいいんですか？」

長谷川町子作の『エプロンおばさん』の主人公の台詞と、長谷川が好きな歌舞伎役者について尋ねられ、（九代目）海老蔵と答えた時、周囲の人に言われた言葉です。フランス生まれのアメリカ人を父に、日本人女性を母に持ち、大正から昭和の戦前にかけて活躍した十五代目羽左衛門と、主に戦後に「花の海老様」と人気者であった九代目海老蔵は、美男にして演技にも定評のあった歌舞伎役者です。「下駄の裏側」というのは、彫りが深く、目鼻立ちがはっきりしている、というほどの意味で、両者とも当時の歌舞伎界では、容姿の面では特筆される存在だったようです。人前に出るのを極端に嫌った長谷川が、『婦人公論』誌上で、九代目と対談しているのは、彼女がかなりの海老蔵ファンであったということでしょう。一方、エプロンおばさんが好きだという、ジャン・ギャバンも、おそらく長谷川のひいきの俳優であったと思われます。しかし、ジャン・ギャバンは美男子とは言い難く、渋い俳優のイメージです。フランスの主役級の映画俳優は、アラン・ドロンの様な、典型的な美男子と、ジャガイモに例えられる顔と、小柄というわけではないにしろ、ずんぐりむっくりした印象を与える、二枚目とは言えないタイプとに分けられるようです。

ギャバンとは全くタイプが違うものの、モンキー・パンチ原作の漫画の主人公で、今に至るまでアニメーションの新作が作られ続けている『ルパン三世』のモデルと言われるジャン＝ポール・ベルモンド（図5）も、容貌のみで言えば、ジャガイモタイプの俳優です（もっとも、彼はずんぐりむっくりとは正反対のタイプですが）。ベルモンドは三作のジャン＝リュック・ゴダール映画に出演し、その後、ゴダールと袂を分かちますが、筆者が最初に観たベルモンドの映画が『リオの男』と、『カトマンズの男』であったため、バスター・キートンから、ジャッキー・チェンへと続く、ＣＧはもちろんスタントを使わない、アクション俳優と喜劇俳優の両面を持つ、気が良く、とびきり「カッコイイ」青年、すなわちアニメーションに描かれたルパン三世に似たキャラクターとしての彼のファンになりました。それ以前に上映されていた、『勝手にしやがれ』を筆者が観たのは、その後でした。筆者も、ゴダール映画と、それに出演したベルモンドに改めて魅了されました。

フランスでのベルモンドの人気や俳優としての評価が上がっていくにつれて、彼の映画の上映権の料金が上がったこともあり、その後長く、彼のアクション映画に限っては、日本では公開されませんでした。二〇二〇年に、彼のアクション映画を中心とした「ジャン＝ポール・ベルモンド傑作選」が、第二回まで上映され、ベルモンドのアクション映画が日本で再評価されるきっかけとなりました。

戦前のルネ・クレール監督作品の喜劇的な側面から、フェルナンデル、ルイ・ド・フュネスの様な、喜劇やアクションの豊かな鉱脈が、フランス映画を支えてきたものの一つであることを、ベルモンドの訃報とともに改めて思いました。

（2021/12/31）

『私は弾劾する』から『欧州の排外主義とナショナリズム』へ

映画『オフィサー・アンド・スパイ』（原題、"J'accuse"。『私は弾劾する』二〇一九年、監督：ロマン・ポランスキー、日本公開二〇二二年）は、一八九五年一月十五日のフランス陸軍大学校校庭の、ドレーフュス大尉の位階剝奪式の場面から始まります。

ドレーフュス大尉（図6）はフランスに対するドイツ側のスパイであるという容疑で軍事法廷において有罪判決を受け、政治犯として最高の刑罰である終身流刑に処せられました。多数の兵士たちの前で、彼の制服から袖章が、肩章がはぎとられ、サーベルが折られて地面に投げ捨てられる様は、ドレーフュスの冤罪と、十年以上後の彼の軍籍復帰を知る観客にとっても、強い衝撃を与えます。

ドレーフュス大尉は、グランゼコールのひとつであるエコール・ポリテクニック（理工科専門学校）を卒業し、陸軍大学を経て、砲兵少尉研究生として入隊しています。アルザス出身のユダヤ人であるという、当時にあってはハンディキャップがあったにせよ、彼は軍人としてはエリートコースを歩んでいました。ドレーフュスが妻と子供たちを得て、順風満帆の人生を送っていたかにみえた一八九四年十月、科学的ならざる筆跡鑑定や、後に「アンリ偽書」と呼ばれることになる、防諜部のアンリ少佐が捏造した文書を証拠として、ドレーフュスは仏領ギアナの悪魔島に流刑となります。

のち、これらの偽りの証拠を覆し、真犯人を告発したのは、事件後、防諜部の部長に任命されたピカール中佐でした。陸軍大学時代にピカールはドレーフュスを教え子としていたとはいえ、彼は当時の「習慣」と言える程度にユダヤ人を嫌っていたようです。ピカールはむしろ、ドレーフュスの有罪の確証を得るべく証拠を洗いなおす過程で、真犯人を突き止め、彼の前任者の防諜部長とその部下たち、軍の上層部によるたくらみを見抜くこととなります。真相を知ったピカール中佐の防諜部部長解任、収監に至って、「私は弾劾する！」（J'Accuse…!）と題した公開状を発表し、ドレーフュスの冤罪を『オーロール』（*L'AURORE*）紙上で明らかにした（一八九八年）のは、当時すでに大作家という名声を勝ち得ていたエミール・ゾラでした。ピカール中佐の友人の弁護士や進歩的なメディアの奔走により、ドレーフュス、ピカール、ゾラのそれぞれの裁判や、「アンリ偽書」を作成したアンリ少佐の自白と刑務所での自殺、筆跡鑑定の恣意的な操作などが暴かれ、軍の企みが部分的にせよ、明らかになり、ドレーフュスの軍籍が戻され、ピカールが陸軍大臣に就任する一九〇六年まで、事件は続きました。この事件は、フランス近代史上、および、フランス文学史上の大事件として、今日に至るまで多くの考察がなされています。

ユダヤ人と言っても、ポグロムの対象となった、ロシア、東欧からの移民から、ロスチャイルド（Rothschild、フランス語読みロチルド）の様な大富豪一族など、様々な在仏ユダヤ人が存在しましたが、それぞれ差別の対象となりました。

「排外主義」は、世界の多くの国における今日の右傾化、保守化の中で、欧州やアメリカ合衆国では、反移民・難民感情として強くなっており、日本では、在日の人々、東南アジアを中心とする国々からの「研修生」という名の労働者や難民へのヘイトが高まっています。（名古屋出入国在留管理局に収容中の、スリランカ国籍のウィシュマさんの死亡事件（二〇二一年）のしっかりした検証もできていないうちに、戦火を逃れて来日したウクライナの人々を、難民ではなく「避難民」と呼び変えて、決して十分とは言えないまでも、国や自治体をあげて特別に援助することには、矛盾があります。）

綿密な欧州の世論調査の克明な分析による、中井遼の『欧州の排外主義とナショナリズム』によると、欧州の反難民、排外主義とナショナリズムの台頭は、巷間でとりざたされているように、移民・難民によって仕事を奪われるという恐れを抱いた「取り残された労働者」や苦しむ「貧困層」ではなく、むしろ実際は、家を持ち平均以上の所得や学歴を持つ、豊かな社会階層の人々によるものであることが明らかにされています（これはアメリカ合衆国におけるトランプ元大統領支持者にも共通しています）。彼ら資産を持ち教育程度の高い人々は「経済的利害ではなく非経済的信念によって政治的、社会的行動をとっている」（『欧州の排外主義とナショナリズム――調査から見る世論の本質』新泉社、二〇二一、一二頁）との結論が、本書では導き出されています。右翼（および極右）政党を支持する、こうした恵まれた階層は、文化的な面に由来する反移民・難民感情を持つということが分析・論証されています。

ドレーフュス事件は、決して遠い国の、過去の事件ではありません。

（2022/07/31）

『マリアビートル』から『BULLET TRAIN』へ

映画の歴史は列車と共に始まった。それは、一八九五年、パリのグラン・カフェでリュミエール兄弟が世界で初めて〈映画〉を有料上映した際、列車を撮影した映像が上映されたことに由来する。蒸気機関車が駅構内に入ってくる一部始終を、約五十秒間にわたって撮影した『ラ・シオタ駅への列車の到着』（一八九五）は、映画史において〈映画の誕生〉を代表する作品のひとつ。また列車が線路の上を終着駅に向かって一定の方向へと進んでゆくのと同じように、映画もタイムラインに添いながら、結果に向かって一方通行だという類似点がある。列車の運行には時刻表が欠かせないように、〈時間〉という概念が介在していることは〈映画〉なるものと似ている。

（松崎健夫「映画は列車と共に始まった：〈伊坂ワールド〉へ愛をこめて」東宝株式会社映像事業部、『BULLET TRAIN』パンフレット、二〇二二年九月）

『キートンの大列車追跡』（一九二六）、『バルカン超特急』（一九三八）、『北国の帝王』（一九七三）、『オリエント急行殺人事件』（一九七五）、『新幹線大爆破』（一九七五）、『カッサンドラクロス』（一九七六）など、猛スピードで破滅に向かわざるを得ない列車、あるいは密室としての列車が関わるアクション、ミステリー映画は数多くあります。伊坂幸太郎の原作小説、『マリアビートル』（角川文庫、二〇一三）では、東京から盛岡まで、映画化された『BULLET TRAIN』（二〇二二年九月、日本公開）では、東京から京都まで、この映画の上映時間一二六分の間、観客は主人公のレディバグと共にこの新幹線に乗り込んでいることになります。

他の暴走列車映画とこの映画が異なるのは、新幹線は遅れることなく、定刻に各駅に停車し、発車することです。（しかし、夕方東京駅を出発する時速三五〇キロの超高速新幹線は、十一時間ほどかかって京都に到着する、夜行列車となっています。もちろん、その映画的効果はあるのですが……。）また、列車の密室性も、様々なハプニングにより、レディバグが終点までどの駅でも降りられないという点では成立しますが、場合によってはプラットフォームに降りはするものの、新幹線のドアがしまる直前にドアの中に転げこんで、九死に一生を得たりもします。殺し屋満載の列車に主人公が飛びこんで戻り、観客が一時的にせよほっとするという意表をつく展開です。それにしても何故か停車駅が多いような気がしますが。停車駅に関して言えば、終点京都駅の一つ手前の、真田広之扮するエルダーがこの列車に乗り込む、早朝の米原駅の霧に包まれた、静かで幻想的な雰囲気は、エルダー（老師、長老、すなわちヨーダの様な）のキャラクターと相まって印象に残ります。

映画の登場人物は、原作の全員日本人から、大幅に国際化していますが、伊坂が、「もともと僕の登場人物は現実離れしていて『こんな日本人いないよ』と言われるくらいなので」（伊坂幸太郎、ブラッド・ピット、デビッド・リーチ（鼎談）「日本のエンタメ　ハリウッドで躍進」『朝日新聞』二〇二二年九月四日付朝刊）と言うように、国際化したことにより、登場人物の個性は、よりくっきりと際立っています。原作において、筆者が一番気に入った二人組の殺し屋「蜜柑」と「檸檬」は、映画ではイギリス出身らしき「タンジェリン」とアフリカ系の「レモン」となっています。二人は容姿が似ていて双子かとも噂される原作の設定とは違いますが、伊坂も映画の二人のバディに、「僕の理想とする二人組が体現されていました」（『BULLET TRAIN』のパンフレット、伊坂幸太郎へのインタビューより）と述べています。特に「レモン」の『きかんしゃトーマス』への愛と蘊蓄は、原作に負けず劣らず重きが置かれており、原作と同様、映画でも重要な鍵となっています。ブラッド・ピットが演じる主人公の「レディバグ」は、ピットが演じることによって、原作の「天道虫」より、年齢はかなり高くならざるを得なくなっていますが、自分でも充分に自覚しているほどの運の無い殺し屋です。殺人を含めたヤバイ仕事をしており、追いつめられると相手を打ちのめすほど強い反面、気弱な善人の面も持ち、セラピーに通い、マインドフルネスやアンガーマネージメントを危機の間の僅かな時間でも試す、この頼りないのか、そうではないのか分からない、ぼやきまくる主人公のキャラクターは、リアルに感じられ、観客から共感を得ます。エルダーの息子のキムラ役（筆者は原作のイメージを一番体現していると思います）のアンドリュー・小路や、出番は少ないものの車掌を演じるマシ・オカなど、日本人や日系の俳優たちは他の登場人物と同じく、ごく自然に国際化の中に溶け込んでいます。

また、「ステイン・アライヴ」から、「時には母のない子のように」、「上を向いて歩こう」までの懐メロをバックに映像化された日本は、非現実的でファンタジックなものでありながら、リドリー・スコットの『ブラックレイン』（一九八九）、タランティーノの『キル・ビル』二部作（二〇〇三、二〇〇四）で、ファンタジーかつ異国としての日本を目撃・肯定してきた多くの日本人の映画ファンと同じく、筆者にとっては、そのファンタジーに見え隠れする、誇張されてはいるもののリアルな日本を感じさせました。列車の一輌が丸ごとその仕様に装飾されているマスコットキャラクターで、可愛くも不気味でもある着ぐるみ、「モモもん」は車輌のあちこちに点在するモニター画面にも、温泉に入る猿や京の街と舞子と同じく登場しています。原作では男子中学生の王子＝プリンスは、映画では若い女性で、現在多くの女子高生が、自分の学校の制服ではない、私服として好んで着ている、女子高生の制服もどきの衣装を着ていることなど、映画の細部は、「表徴の帝国」たる日本を映し出しています。

伊坂作品は、中国や韓国では翻訳されているものの、欧米ではほとんど翻訳されていなかったそうです。その段階で、三枝亮介と寺田悠馬という元講談社の編集者と金融業界に在籍していた二人が、戦略を練って『マリアビートル』のハリウッドでの映画化と、英国での出版にこぎつけたと言います。(「伊坂作品　ハリウッドに直談判」『朝日新聞』二〇二二年九月十二日付夕刊。英国では、『マリアビートル』が二〇二二年五月に、英国推理作家協会賞（ダガー賞）翻訳部門の最終候補にも選ばれました。）もとより、映画は国の枠組みを超えて、相互に影響を与え合い、過去の異国の作品へのオマージュをささげる作品も多く生み出してきました。先に例に挙げたタランティーノの『キル・ビル』は、東映のやくざ映画、韓国や中国のアクション映画にオマージュをささげていますし、最近では『ラ・ラ・ランド』（二〇一六）が『シェルブールの雨傘』（一九六四）をなぞっている部分があると言えます。伊坂作品に限らず、まだまだ数多くある日本の優れたエンターテイメント（には限りませんが）文学が世界的にブレイクすること、また、外国の文学作品が、舞台を日本にして映画化をされることなどによって、映画のみならず、世界の中では、ハンディのある日本語で書かれた文学も、さらに世界の様々な国々の共通の文化的財産になっていくことを筆者は望みます。

（2022/09/30）

『麦秋』から『窓辺にて』へ

筆者が中学生だった時、国語担当のT先生が、筆者の在籍する東京の学校に赴任してきて最初の授業で、先生が熊本出身であること、同じ熊本出身の笠智衆を尊敬していることを語りました。筆者が笠智衆の名前を聞いたのは、この時が初めてでした。映画好きの父に尋ねると、彼の小津安二郎監督映画での活躍を教えられました。父は小津映画では、とりわけ『麦秋』が好きだと言い、その後筆者もシネマテークの小津特集を見に行き、『麦秋』が最も好きな作品になりました。

一九七〇年代には、フランスでの小津安二郎評価、日本では一九八三年の蓮實重彥の著書『監督小津安二郎』の刊行などにより再評価され、小津作品の多くが、ビデオ化、DVD化されるようになりました。

二〇二二年十一月の今泉力哉監督の『窓辺にて』の公開にあたって、主演の稲垣吾郎を、小津作品の笠智衆になぞらえた感想を聞き、筆者は『窓辺にて』に興味を持ちました。今泉監督の作品は、これまでにも小津監督の作品との関連が語られています。笠が『麦秋』に出演したときの年齢が四七歳、稲垣が『窓辺にて』に出演した時の年齢が四八歳ということなどは、偶然の一致とも思えますが、七十年の歳月を超えて、この二つの映画には、数々の共通点があります。しかし、近現代の「新しい」芸術である映画には、意識的であるにしろ、無意識的であるにしろ、古今東西にわたる映画間相互の影響関係やオマージュ、引用があり、(小林信彦が指摘した、『スター・ウォーズ』の姫と二人の従者の設定が、『隠し砦の三悪人』から採られたもの、というような指摘を除いて) それらを数え上げることに、筆者はそれほどの意味があるとは考えません。

しかし、それでも『窓辺にて』と『麦秋』との間の微かな類似点として、筆者に両作品を重ね合わせて考えさせるきっかけとなったものの一つは、音楽も外界の物音もほとんどない『窓辺にて』の、レトロな喫茶店「ルアン」での場面で、かすかに聞こえてくる電車の走行音でした (「ルアン」は筆者の地元に実在する喫茶店で、裏手にJRの線路があります)。『麦秋』では、原節子演じる間宮紀子や笠演じる間宮康一が鎌倉から東京まで乗る横須賀線の車窓からの風景が流れ、電車の走行音が聞こえる場面があります。それは、とりわけ紀子にとっては、日常から別の自由な世界へと誘うものの様に、筆者には感じられました。『窓辺にて』の電車の走行音にも、同じことを感じました。そのあらわれ方には隔たりがあるとはいえ、この二つの映画に共通する主題の一つではないかと思われるものが、この自由ということです。『麦秋』の終盤で、紀子と、三宅邦子演じる兄嫁の史子が砂丘を散策する場面があります。それは、子供のいる中年男性で秋田への赴任が決まっている矢部と紀子の結婚を心配する史子に、紀子が彼との結婚とその後の生活に対する覚悟を告げ、史子が彼女の覚悟と勇気をたたえる場面です。二人とも最初は下駄を履いていますが、やがて紀子が下駄を脱ぎ、素足で波打ち際まで行き、史子にも下駄を脱ぐことを勧めます。紀子が人生の一大事を自分の意志で決断する自由は、戦後間もない若い女性が獲得した自由でもあります。それは、素足になって砂の上を行くという感覚として、見るものの内面で追体験されます。『窓辺にて』では、妻に浮気をされているのに、怒りはおろか、何も感じられない、という主人公の市川茂巳について、稲垣吾郎は、「でも本来、人間の感情はもっと自由であっていい、これが常識だというものを決めつけすぎるのも良くない気がするんです」(「稲垣吾郎が『捨てられないもの』 映画『窓辺にて』インタビュー」『ぴあWEB』ウレぴあ総研(Ure.pia.co.jp.)、二〇二二年十一月十二日閲覧)と述べています。市川にも、自立と心の自由が感じられます。市川の、世の中の常識的な感情や振る舞いを拒否する心の自由は、たとえば、十七歳の高校生作家の小説を、ありがちな思い込みや偏見から離れて読み込み、彼女に質問するインタビューの場面からも分かります。また、市川の乗ったタクシーの運転手の饒舌な語りかけによって、彼が生まれて初めてパチンコ屋へ行き、思いもかけず大量の玉を出してしまう場面は、内面の自由の映像化の一つではないかと思えました。(この、タクシーの運転手と、パチンコ店で市川の隣に座った金髪の若い女性とは、登場時間は短いながら、筆者にとっては特別心に残る二人でしたが、これはまた、別の話です。

登場人物の誰もが適役と言える『窓辺にて』で、玉城ティナ演じる十七歳の高校生作家、久保留亜の、背伸びしてはいるけれど、実は年齢にふさわしい素直さと率直さとを持ち、しっかりした判断力と、のびのびとした自由な魂の持ち主としての人物像は、彼女のボブの髪型と相まって、エリック・ロメールの『海辺のポーリーヌ』の主人公を思い起こさせました。エリック・ロメールと今泉力哉はまた、比較されることのある映画監督ですが、これもまた別の話です。『窓辺にて』は、『麥秋』と同じく、筆者にとっては、特別な映画のひとつになりました。

(2022/11/30)

歌舞伎から新劇へ

一九七〇年、全身黒づくめで丈の長い上着、後年の古畑任三郎を思わせる服装で、学生たちの前に現れたのは、長身痩躯の新劇俳優、芥川比呂志（芥川龍之介の長男）でした。彼は、田村正和というよりは、「鼻は並より高くて短く、顎は並より突出て長い」「顔全体の肉が薄い」（芥川比呂志「私の顔」『決められた以外のセリフ』新潮社、一九七〇年、一五頁。前半は清水昆、後半は自身の言葉）という容貌で、当時五十歳でした。一九五五年に、当時の新劇としては画期的な活動的ハムレットを演じ（この時、芥川は、衣裳部の用意した木綿のタイツから、自前のナイロンのタイツに替えたが、「走り、踊り、階段を駆け上がり、飛び降り、相手役に掴み掛り、突き飛ばし、跳ね廻り、あばれ廻る」結果、タイツにたびたび穴があき、二枚重ねて穿いたほどだったという〔芥川比呂志「タイツ」『芥川比呂志エッセイ選　ハムレット役者』丸谷才一編、講談社、二〇〇七年、一五頁〕）、生涯にわたって胸部疾患に苦しんだことを微塵も感じさせない、しっかりと地に足をつけているという印象を与える、美しい立ち姿をしていました。

当時から現在に至るまで、筆者が心惹かれている舞台俳優は、贔屓の歌舞伎役者を別にすれば、この芥川比呂志と、同じ劇団雲に所属していた岸田今日子、黒テントの服部吉次《よしつぐ》、新井純、紅テントの大久保鷹と四谷シモンです。この時代の演劇好きの若者の間では、旧態依然とした新劇と、斬新なアンダーグラウンド演劇という考え方が主流でした。しかし筆者は、芥川と黒紅テントの芝居を繫ぐものが歌舞伎であり、この両者には通底するものがあると思っていました。若き日の十八世中村勘三郎が、紅テントの芝居を観て、江戸の中村座の芝居を目の当たりにしたと感じ、夢中になったこと、幼少時代から、祖母、母と歌舞伎を観ていた芥川が、旧制中学時代、坪内逍遥訳の『ヴェニスの商人』の法廷の場で、シャイロックを演じるにあたって、「左団次（のシャイロック）をみていないんでね（参考にしようがないね）」との友人の弁を、エッセイ（「もっと光を」『芥川比呂志エッセイ選　ハムレット役者』、一八頁。この左団次は、歌舞伎役者としての名声のみならず、小山内薫とともに、自由劇場で上演した、数多くの翻訳劇での名演で名高い、二代目市川左団次のことであると思われます）に書いていることからも、歌舞伎、新劇、アングラ劇が重層的に繋がっていることが解ります。

話を戻しますと、筆者が黒づくめの芥川比呂志の謦咳に接したのは、雲の夏季演劇ワークショップでのことでした。この年の九月の雲の『ロミオとジュリエット』の上演に先立って、この戯曲をテキストに、若者向けに行われたワークショップでは、スタッフやキャストによる演技指導が行われ、最終日に、芥川が講師を務めました。それは、二十人余りの受講生が、二人ずつ向き合い、見つめ合って、心が通じたという感触を得た時、相手の肩に一方の手で触れる、というものでした。十分ほどの、当事者にとっては気の遠くなるほどの時間の後、どちらも相手の肩に手を乗せない組、一方だけが肩に手を乗せる組など、様々でしたが、筆者同様、役者志望にしては地味な相手の男子学生と筆者の組は、気まずさを解消するためもあって、お互いの肩に手を乗せました。芥川は、筆者たちの肩にそっと手を触れ、静かな声で、「はい、(手を)下していいですよ」と声をかけました。その途端、筆者はぼうっとなり、その後、彼が何を話したか、どんな指導を行ったか、まったく覚えていません。

ただ、ロレンス・ダレルの『アレクサンドリア四重奏』風に言えば、芥川の手が筆者の肩に触れた瞬間、歌舞伎から新劇へと、そして演劇の未来へと吹いていく風が、「親しげに、私をこづいたような気がした」のです。

(2021/06/30)

藤山寛美から藤山直美へ

寛美の演技は、観客が肌で〈感じる〉ものであった。志ん生や文楽の落語が分析可能なものでなく、その場に立ちあって〈感じる〉ものであったように。いくら数多く観ても、深層部分で〈感じ〉ない人には、無縁の芸であった。〈寛美はすごい〉と語れても、どう〈すごい〉のか説明できない芸であった。

（小林信彦『植木等と藤山寛美——喜劇人とその時代』新潮社、一九九二年、二一九—二二〇頁）

藤山寛美はもとよりその娘の藤山直美の舞台も、筆者はこれまで観たことがありませんでした。

二〇二二年七月、新橋演舞場の「藤山寛美三十三回忌追善　喜劇特別公演」を観劇したのは、NHKBSで、二〇二二年三月末から再放送された二〇〇六年の連続テレビ小説作品で、田辺聖子のエッセイや小説をもとにした『芋たこなんきん』を視聴したことがきっかけでした。二〇〇六年の本放送当時は、筆者は土曜日などに数回見た程度でしたが、そのころから田辺聖子をモデルにした花岡町子を演じた藤山直美や、「カモカのおっちゃん」役の國村隼、秘書役のいしだあゆみ、松竹新喜劇の小島慶四郎らのはまり役の演技とともに、長川千佳子の脚本の新しさを感じていました。十六年前の作品にもかかわらず、再放送で視聴しても、古びたところはあまり感じませんでした。連続テレビ小説関係のエッセイを多く手掛ける佐野華英は、この作品について、「ダイバーシティ、ジェンダー平等、ワークライフバランス、終活。こうしたキーワードが今ほど声高に叫ばれていなかった十六年前に、早くもくっきりとしたメッセージを打ち出していたこの朝ドラの《新しさ》に驚く」と述べています。

筆者は、このドラマでの藤山直美の演技と、おそらくアドリブ（寛美譲りであるならば大阪仁輪加《にわか》の伝統を受け継ぐもの）と思われる部分とに引き付けられました。

七月の追善公演での出し物は、「愛の設計図」、映像による「藤山寛美　偲面影」、そして主人公の大店の弟息子を妹に変えて直美が演じるのが、舘直志（二代目渋谷天外（一九〇六―一九八三）のペンネーム）の脚本による、「大阪ぎらい物語」です。

「愛の設計図」には、直美は出演していませんが、甥の藤山扇次郎が助演しています。この作品の初演は一九五〇年ですが、一九七五年に新たに脚色され、時代を万博に沸く大阪の物語として上演されました。たたき上げの現場監督が、大学出の若者を、知り合いの息子でありながら徹底的に鍛え上げていきますが、それは若者に対する深い愛情の故であることが、後に分かります。

この現場監督を、一九七五年版では寛美が演じ、今回は三代目渋谷天外が演じています。涙あり、笑いありの人情芝居ですが、現代の視点で見ると、現場監督の、真意を隠しての若者の鍛え上げ方には、理不尽さを感じてしまいますし、登場人物が皆、類型的であるという不満も感じました。

しかし、幕開けで三波春夫の万博ソング「世界の国からこんにちは」が流れる中、建築事務所の女性事務員や、どやどやと現場から帰ってくる作業員の男性たちの何気ない所作や、台詞を見聞きするうち、これは、歌舞伎の世話物の女性の奉公人たちや、お店の下働きの若い衆の仕草や台詞、内輪のがやがやした出と同じパターンの幕開けであると気づきました。藤山寛美は、関西新派の二枚目、藤山秋美《しゅうび》とお茶屋の女将であった稲垣キミとの間に生まれました。幼くして父を亡くし、新派の花柳章太郎に芸名をもらい、四歳の時から子役として関西新派、歌舞伎、松竹家庭劇に出演してきたと言います。寛美の身に沁みこんでいたであろう、また、松竹新喜劇が受け継いできたであろう、昔からの、これらの芝居に受け継がれているものが強く感じられたのは、この幕開けの場面でした。

一方、「大阪ぎらい物語」は、主人公を男性から、女性に変えた脚色と演出が成功しています。関東大震災直後の大阪船場、老舗の木綿問屋の物語です。主人亡きあと、女房のおしずが御寮さんとして店の実権を握っています。おしずは、気弱な長男と、自由奔放で、「空気を読まない」その妹千代子の母でもあります。おしずは、店の奉公人たちに厳しく接し、千代子の異母姉や千代子の乳母へも、辛くあたっています。千代子が店の手代の秀吉と結婚したいとせがむと、おしずは世間体を気にして、秀吉を里へ帰してしまいます。千代子は猛反発し、古いしきたりや世間体を気にするおしずのもとを飛び出し、幼いころから言う事を聞かないと車夫にしてしまうと言われ続けてきたことから、出入りの親方に頼み込み、車夫の姿で車を牽いておしずの店に乗り込みます。車夫姿の娘に、世間の目や店の評判を気にするおしずや、はらはらする奉公人たちを尻目に、兄や、店のために尽くしてくれる奉公人たち、遠慮してきた異母姉や乳母の心情を伝え、おしずの頑なな心を和らげるという物語です。店の経営に関係を持たない妹が、「女だてらに」車夫の姿で店に乗り込み、話を聴いてもらえなければ、このまま、町内やお得意さんに、車を牽いて行って客になってもらうように頼みに行く、と宣言することで、この芝居の骨格がよりくっきりと浮かび上がってきます。空気を読まない、いわばトリックスターとしての主人公の姿が、ささやかではあるものの、女性の自由の宣言にも繋がっていきます。千代子はおしずを責めず、周囲の人々の真心を伝えつつ、一人で老舗の大店を支えざるを得なかった母への共感と感謝の気持ちも伝えます。母、異母姉、乳母、兄嫁へのシスターフッドも伝わります。

冒頭に引用した小林信彦の述べる、観客が肌で〈感じる〉芝居を、藤山直美も確かに受け継いでいます。〈感じる〉としか言いようのない演技といえば、筆者は、幼い時に観た、初代水谷八重子の芝居を想います。八重子が着物の胸に片手を当てて、心の内を吐露する場面に、大人の世界や恋愛など想像もできない年頃の筆者の心が動き、何かを〈感じた〉ことを覚えています。それは、芝居の神髄に触れた初めての体験だったのかもしれません。

(2022/08/31)

コロンボから八雲へ

気鋭のサブカルチャー評論家や、宮藤官九郎などが、NHKBSで再放送されている、『刑事コロンボ』を見直して、面白さを再認識しています。現在放送されているのは、第一シーズンから第三シーズンですが、『スタートレック』の、レナード・スポック博士・ニモイと、『ハニーにおまかせ』のアン・フランシスの共演作や、スピルバーグの演出の回があったり、テレビっ子はもとより、ロディ・マクドウォール、ローレンス・ハーヴェイ、ホセ・フェラー、フェイ・ダナウェイなどの、映画ファンもぞくぞくするゲスト俳優も目白押しです。

コロンボと言えば、日本語版にも定評があります。「ウチのカミサン」の生みの親、吹き替え版翻訳の額田やえ子は、ピーター・フォークの声優を務めた小池朝雄の見事な演技を引き出したばかりでなく、ゲスト声優の個性に合わせてあて書きしたとのことです。小池朝雄は、当時、劇団「雲」に所属しており、「ロンドンの傘」では、同じ劇団の岸田今日子、高橋昌也が『マクベス』出演中の舞台俳優の声優を演じていて、日本語版ならではの、二重、三重の舞台劇の趣です。

「雲」はその後、「円」、「昴」へと分裂しますが、かつて「昴」に所属していた、平田・ジョニー・ディップ・広明は、舞台俳優がアテレコをすると、演技が荒れる、という声に対して、尊敬する小池朝雄を例に、演技を深めるためにも声優を続けた、と言っています。古くはテレビ映画『カートライト兄弟』の父親ベン役を務めた先代市川中車や、野沢那智など、舞台俳優が声優を務める例が大半でした。

現在は、舞台という背景を持たず活躍している声優が多数います。平田広明と、峰倉かずや原作の『最遊記』のアニメ版で、バディを組んでいる石田彰は初めから声優として活躍し、『エヴァンゲリオン』の渚カヲル役でも人気ですが、雲田はるこ原作の『昭和元禄落語心中』のアニメ版で、線の細い青年時代から、落語界の重鎮にして名人となる晩年にいたるまでの八代目有楽亭八雲を演じ、アニメ中、多くの落語演目を（一部とはいえ）語り、高評価を得ています。テレビ、映画で活躍中の俳優が声優を務める事も多い昨今ですが、声優出身の宮野真守、（子役出身ではあるものの、ジャイアンの二代目声優としてブレイクした）木村昂などは、俳優として映像作品や演劇界で活躍しています。

（2020/08/31）

III

二〇二四年から二〇二〇年へ

フランスのマクロン大統領は、自国およびヨーロッパ各都市で失敗した水道民営化の新しい市場のひとつとして、日本に、パリの水メジャー会社のセールスマンとして売り込みをしており（二〇一八年日本では「水道民営化法」が成立しました）、また、フランスは言わずと知れた原発大国であったりします。

その一方、フランスは、経済一辺倒の政策から、環境を重視する方向に舵を切ってもいます。新しい「生物多様性プラン二〇一八－二〇一九」によって、政府と環境大臣の方針に従って、たとえばパリ市の大規模な緑化、植樹計画により、一万本以上の植樹が行われつつあり、空き地の五〇％はコンクリートを除去して自然に戻す計画も実行中です。明治神宮外苑の再開発改革が進行中です。東京都は事業主体ではありませんが、宗教法人明治神宮や三井不動産による民間事業に、規制緩和によって超高層ビルの建設を可能にしたのは東京都であり、一万本の都心部の古木を伐採する道を開いたのは東京都です。坂本龍一は、「これらの樹々はどんな人にも恩恵をもたらしますが、開発によって恩恵を得るのは一握りの富裕層にしかすぎません」と述べています。小池知事は、新たに植える木はもっと本数が多く、緑地の面積も増える、と述べていますが、環境問題の専門家は「百年の大木と、新たに植える若木では、レベルが全然違う。緑の持つ効果は増えるどころか、確実に損なわれる」「ヒートアイランドは強まって神宮外苑の気温は上昇する」と、述べています。(「松尾貴史のちょっと違和感」『毎日新聞』二〇二三年五月七日付)もう一方、都立日比谷公園では、企業と組んだ東京都による、日比谷ミッドタウンおよび帝国ホテルから直接公園に入る立体橋の建設計画が進み、市民の都市計画への参加の機会や合意形成のプロセスも明確にならない中で、公園の芝生化(樹々の伐採のよる芝生化は、東京砂漠化計画であり、名物の噴水の一部も撤去が計画中とのことです)が進行しています。

二〇二四年に計画されているパリオリンピック・パラリンピックは、「コンパクトなコンセプト」を提案しており、使われる施設の九五%は、既存または仮設のものです。エッフェル塔(一八八九年の革命百周年の記念建造物)とセーヌ河はトライアスロンのコースですし、シャンゼリゼ通りは自転車競技のゴールとなります。一九〇〇年のパリ万博に建てられた、美しいガラス張りのグランパレは、フェンシングの競技場、ビーチバレーはエッフェル塔の足元、シャンドマルスに砂を撒いて行われ、馬術競技はヴェルサイユ宮殿の庭園で行われます。開閉会式、および陸上競技の多くは、一九九八年FIFAワールドカップの主要会場として建設されたスダッドドゥフランスで行われます。

旧国立競技場を壊し、周辺の住民を立ち退かせて新国立競技場を作ったのをはじめとし、莫大な税金を使い数々の施設を新設した二〇二〇年（二〇二一年）東京オリンピック・パラリンピックとの違いは明白です。二〇二〇年（二〇二一年）の東京オリンピックは、アスリートたちの頑張りの陰で、数々の汚職による逮捕者を出し、新国立競技場を初めとする負の遺産のつけは、これからも長く都民に引き継がれることになってしまいました。本書の最終稿を纏めている時点で、パリオリンピック組織委員会への、フランス捜査当局の一斉捜索のニュースが報じられました。今後、この捜索がどう展開するかは不明とは言え、それぞれの開催国のオリンピック組織委員会とＩＯＣ（国際オリンピック委員会）には、かねてから様々な不正の疑いがついてまわっています。選手たちにとっての最大の国際大会の機会を奪うことを主張するわけではありませんが、宮沢賢治の『猫の事務所』の金色の頭の獅子に登場してもらい、現行のＩＯＣに向かって、「お前たちは何をしてゐるか。そんなことでは地理も歴史も要つたはなしでない。やめてしまへ。えい。解散を命ずる」と吠えてもらいたいものです。

(2020/09/30)

大八木監督から石川選手へ

二〇二一年一月三日、箱根駅伝復路九区終了時点で、トップの創価大学とは三分十九秒差のあった最終十区のアンカー勝負で、駒澤大学の石川選手は二〇・九キロ付近で創価大学の小野寺選手に追いつき、一気に抜き去りました。その時、駒大の大八木監督は、「おまえ男だろ!」「男になれ!」と、運営管理車から鼓舞し続けました。テレビから監督の声が聞こえてきた時、筆者は、「またか」とがっかりしました。この日の夕方のデジタルニュースでは、この激励の言葉が見出しに取り上げられ、石川選手の、この言葉に大いに力を得たというコメントも載っていました。翌四日の『朝日新聞』朝刊の記事には、「『いいか、ここだ、ここからだ!』監督の活でスイッチオン」との小見出しが掲げられており、これに、石川選手の「スイッチをオンにしてくれた」という言葉が掲載されていました。新聞の小見出しの監督の激励は、戦後、アンカー勝負で三分一九秒の差を逆転した例はないというときに、石川選手の走り出しに向かって送られた言葉です。走り出しの時の監督のこの活が、石川選手に力を与えたことは確かでしょう。しかし、なぜ、新聞掲載時には、クライマックスで何度も繰り返された言葉「男になれ!」が取り上げられなかったのでしょうか? 筆者は『朝日新聞』のこの選択は正しいと考えます。言葉は発せられるごとに世の中に拡散し、ある既成事実として受け入れられ、繰り返されてゆくからです。(ジャーナリズムの問題としては、『朝日新聞』朝刊が「男になれ!」という監督の激をとりあげなかったのは、一種の忖度とも考えられます。論議を呼ぶところです。二〇二一年一月十八日七時二分配信のデジタルニュースサイト『現代ビジネスライフ総合』には、明治大学高峰修教授の「『優勝したのに水を差すな』と箱根ファンの皆さんはおっしゃるだろう。だが、そうやって日本のスポーツ界は、ジェンダーやハラスメントといった人権感覚に気づかない勝利者を放置してきたのではないだろうか。〔……〕そのような声掛けを続けられた部員は指導者になったり、親になったりしたときに何ら疑わず同じ言動をするかもしれない」との言葉が掲載されています。)

二〇二一年一月一日のTBSラジオ「新時代の言葉会議」(二〇二一年)が指摘するように、夫を主人、妻を奥さんと呼ぶこと、女流〇〇、プロ野球の捕手を女房役、同じく外国人選手を助っ人外人、イクメン（なぜイクウーメンはないのか）、女々しい、美人すぎる○○、肌色、○○児の母、愛され○○、モテコーデなどの言葉が相変わらず使われています。最近ではジェンダーについて学んだばかりの高校生が、ファミリーマートの惣菜商品に使われている「お母さん食堂」に異議を申し立て、署名を集めました。（家庭で食事を作るのはお母さんだけの役目？・）

言葉の問題は一つ間違えば言葉狩りに繋がりかねません。筆者は差別語には断固反対ですが、フランス文学の『びっこの悪魔』（Le diable boiteux）と訳されてきた古典を、フランス文学会で『足の不自由な悪魔』と言い直して行われた研究発表には、違和感を持ちました。正解は無いながら、言葉に対して敏感でありたいと改めて思います。

（2021/01/31）

英語から日本語へ

今も健在であれば、ロシアのプーチン大統領や、日本と世界の政治の動向についての分析や小説をもっと読んでみたかったと筆者が思うのは、米原万里です。同じ年生まれで、近所ですれ違ったことのある彼女には、尊敬と親しみをずっと感じていました。

米原万里の晩年の講演集『愛の法則』の第二章「国際化とグローバリゼーションのあいだ」は、筆者が第二外国語としてフランス語を教えていた大学で、筆者の受け持った新入生のクラスの課題図書としていました。ここでは、縄文時代に中国から入ってきた言葉、文化、文明に、日本がどんなに大きな影響を受けたか、鎖国時代の日本にとっての、唯一の文明国と信じられ、その最新科学や文化を学んだオランダ語、明治以降の、英語、フランス語、ドイツ語などの隆盛が語られ、その時々で、軍事と経済で最強の国の言葉を一つ定めて、その言葉と文化を「一心不乱に取り入れる」という、日本の傾向が語られています。

言うまでもなく、敗戦後この最強の国とはアメリカ合衆国であり、日本が必死で取り入れてきたのがアメリカ英語です。

米原万里は、彼女の同時通訳としての経験から、英語と日本語の同時通訳者が、英語を絶対視するあまり、批判精神と複眼的思考を失っていることを指摘しています。日本人のほとんどが、義務教育で英語を学んでいるので、他の外国語と日本語の同時通訳者は、批判精神、複眼的思考を身につけています。英語一辺倒の外国語教育を受けることで、学習者には、英語通訳者と同じ問題が生じます。小学校から、英語教育が始まります。小学校で身につけるほどの英語は、小学生なら英語圏の学校に通学すれば、二、三週間で容易に身につけられるでしょう。（バングラデシュ難民の少年、ファヒム・モハンマドは、二〇一二年四月、十一歳の時に、十二歳未満の部のチェス大会で、フランス・チャンピオンになりました。彼はフランスの小学校と、チェス教室で、一からフランス語を学びました。映画でファヒムを演じた、アサド・アーメッドは、渡仏三カ月目の、オーディション当初、フランス語の単語も数えるほどしか知りませんでしたが、彼に付き添った先生と、映画のスタッフたちのお蔭で、数週間でフランス語を上達させ、映画の終盤では流暢なフランス語を話せるようになったそうです。『ファヒム――パリが見た奇跡』〔監督・脚本ピエール＝フランソワ・マルタン＝ラヴァル、二〇一九年、フランス〕。）筆者の学生時代の友人で、ともに学者である、ドイツ人の母親と、イギリス人の父親を持つ、アンバーバラは、非常に聡明な人でしたが、だからこそ、英語でも、ドイツ語でも、自分の本当の気持ちを伝えられないということに悩んでいました。筆者のように、日本語のみを母国語として成長してきても、同じことです。「本当の気持ち」を伝えるには、どの言語であっても、一生をかけての努力が必要なのだ、と今になって思います。幼児や小学生の教育には、まず、日本語の豊かさを、文学を通して徹底的に学ぶことが、自らの自己同一性を得、世界の人々と対話するための一番の力になると考えます。（国語教育から小説を排すばかりでなく、古文・漢文を「役に立たないから」教育カリキュラムに入れる必要はない、という議論も出ています。日本語のルーツと文化を知らない日本人の言葉は、他の国の人にとっては、中身のない単なるお喋りでしかないでしょう。）

（2020/03/31）

妖怪から民主主義へ

「先生、妖怪の話は何時から始まるんですか？」

室井康成[1]が大学での「民俗学」の最初の講義終了後、決まって学生から尋ねられたのが、この問いだったそうです。

この夏、友人主催の「柳田国男と民主主義」についての勉強会で、室井の講義に出席するまで、筆者もこの両者の結びつきを理解できませんでした。柳田は一八七五年（明治八年）に生まれ、日清・日露戦争、大正デモクラシー、十五年戦争から日本の敗戦、昭和の高度成長期に至るまでの、当時としては長い生涯をおくりました。

筆者の出身大学には、柳田の直弟子の教授が指導する「民俗学」専攻コースがあり、研究室「柳田文庫」があり、そこには茶道の宗主の様な風貌の着物姿の柳田翁や、その写真の八十年近く前の、松岡一家の写真パネルが飾られていました。

室井によれば、もともと「神隠しに遭いがちな」病弱な美少年だった柳田は、ロマン主義的な文学を志向していた旧制第一中学校（後の一高）を経て、東京帝国大学に進学すると、幼少時に目の当たりにした農村の困窮を改善するという志から、農政学を学ぶようになります。官僚となった柳田は、日本各地を旅し、後に国際連盟委任統治委員としてジュネーヴに赴く中で、「民俗学」という「新しい学問」を構想しました。「民俗学」は、一九二八年に、日本初の「普通選挙」によって、成人男子すべてに選挙権が与えられるにあたり、彼の考える日本人像、――敗戦後の柳田の言葉によれば、「渡り鳥的な」付和雷同と、「事大主義」から脱しうる――「民俗」に拘泥しない、「個人」が尊重される選挙民を養成しようという試みから生まれました。「民俗学」によるフィールドワークによって蓄積される伝承、習慣、慣習を研究者が分析し考察することによって、それらから自己を一端切り離し、克服し、自律的な政治判断が可能となった「個」が、柳田の述べる「公民」です。すなわち、選挙のための「政治教育」そのものが、柳田の「民俗学」であった、というのが、室井の結論です。

また、子供たちを将来の「公民」たらしめるための基礎教育として、柳田はまず、国語教育を重視します。国語教育によって、子供たちに「相手の話を聞く力」と、「相手に対して自分の考えを話す力」の双方を養うべきとしています。現在、受験競争の勝利者とおぼしき一部の文部官僚や、他者の言葉を傾聴し、自らの言葉で自らの考えを語る力を失いつつある一部の政治家による国語教育の改革（？）は、「(政治に無関心な層は）投票日当日は寝ていてくれればよい」というベテラン政治家の本音通りの有権者を生み出すための方策なのでしょうか？『遠野物語』に登場するような、オシラサマ、河童、座敷童、人々に害をなすというよりは、むしろ身近で不思議な霊力を持った神や妖怪より、ずっと恐ろしいのは、「公民」の養成という柳田の悲願とは逆を行く、現在のこの国の政治・教育という妖怪なのかもしれません。今回のタイトルに、さらに、「そして民主主義から妖怪へ」と、付け加えるべきでしょうか？

（2021/10/31）

［注］

（1）　著書に『柳田国男の民俗学構想』（森話社、二〇一〇）、『事大主義――日本・朝鮮・沖縄の「自虐と侮蔑」』（中央公論新社、二〇一九）などがある。

広沢虎造からジェーン・スーへ

良く番組で言うんです、「頂上で会おう」って。目指している山が同じでも、登り方は違ってもいい。私たちは私たちのやり方でそこに向き合っていく。私たちが言っている「頂上」っていうのは、いわゆる理想とする社会です。天竺みたいなところというか。色々な不平等が是正された社会ってわけですが、そこを本気で目指す気があるのかどうかを、いちいち人に突きつけていくのも不躾ですよね。だって、動くタイミングって人それぞれだから。助け合いながら互助会で登っていきたいですよね。

（武田砂鉄責任編集『開局七十周年記念　TBSラジオ公式読本』リトルモア、二〇二一年、七八頁。武田砂鉄によるジェーン・スーへのインタビューより。）

筆者は、若い友人に教えられて、荻上チキの『荻上チキ・Session-22』を聞き始め、radiko も利用しながら、『ジェーン・スー　生活は踊る』をはじめ、ＴＢＳラジオの番組を聞くようになりました。

筆者の子供の頃は、卓袱台の横の「蝿帳」の上に置かれたラジオでＮＨＫの『ヤン坊ニン坊トン坊』の様な子供向けラジオドラマや、連続ラジオドラマ『一丁目一番地』を聞いていました。夜のＮＨＫのラジオ番組では、毎日のように、浪曲、講談、落語を放送していました。講釈師五代目宝井馬琴、浪曲師の二代目広沢虎造、落語家の五代目古今亭志ん生などが出演しており、幼稚園時代、毎夜、祖父母の住んでいた離れの隠居所に聞きに行き、それほど好きなら、と、祖父母と一緒にラジオを聞きながら寝るようになりました。筆者は虎造の『浪曲次郎長伝』が、とりわけ楽しみでした。その後、若者向けの深夜放送を聞いていたこともありますが、最近まで、筆者にとってラジオは遠くなっていました。

武田砂鉄による『ＴＢＳラジオ公式読本』によると、ＴＢＳラジオの番組の多くは、放送作家による台本や、ディレクターによる番組の方向性は存在していても、各々のパーソナリティによる番組進行は、ライブ感を持ってかなり自由に行われるようです。例えば荻上チキの番組から感じられるのは、旧来の政治的右派、左派といった区分けから自由で（そうした区分けに従えば、彼は左派と言えるかもしれませんが）、「自由で寛容な社会」のために、いまある社会の問題がなぜ問題なのか、丁寧に言語化し、ゲストにおもねらず質問し、穏やかにどこまでも妥協せず納得のゆくまで質問を続ける、という姿勢です。

冒頭に挙げた、ジェーン・スーの言葉には、前段に「女性の生き方って一〇〇万通り……」という部分があるのですが、筆者は、ここで述べられていることは、女性、男性の区別なく、共通して言えることであると思い、あえて、この部分から引用を始めませんでした。彼女の番組中のコーナーである、女性、男性を問わず、毎日一人の視聴者の相談に向き合う「相談は踊る」でも、このことは立証されています。

武田砂鉄は、『アシタノカレッジ』の金曜日の担当パーソナリティも務めています。最後に彼のラジオ観を引用します。

あくまで自分の定義だが、ラジオは時間のかかるメディアで、物事を簡単に説明するのに適したメディアではないと思っている。ラジオが得意とするのって、一瞬で説明しなくてもいい時、あるいは、感情が未整理のまま混じり合っているときではないか。〔……〕ふとした時に思い出し、いきなり、ある物事に向かっていくための燃料になってくれたりする。

（前出『ＴＢＳラジオ公式読本』あとがき、三五六―三五七頁）

（2020/02/28）

原田マハからバルザックへ

山手線に乗り換えて文庫本を開いた筆者の左隣に、同じ装幀の文庫本を読む男性が坐っていました。原田マハ著『たゆたえども沈まず』です。フィンセントとテオのゴッホ兄弟、日本人画商を巡る小説で、カヴァーには、ゴッホの『星月夜』が使われています。思わず声をかけ、「面白いですね」などと話しました。冊子型の本がもたらした、初めての体験でした。

本のもたらす愉しみ（?）をもうひとつ。筆者の住む東京の、区立小学校の隣の狭い土地に、突然、管理人不在の小ホテルの計画が持ち上がりました。反対運動や一カ月余りで集まった三〇〇〇筆におよぶ反対の署名（二つの新聞の東京版にも取り上げられました）にもかかわらず、ホテル建設が行われ、区側は、当初から現在に至るまで、「旅館業法に基づき許可申請が出され、許可基準が満たされた申請については、法により許可しなければならない」の一点張りです。そもそも小中学校など、学校施設の半径一〇〇メートル以内ではホテルなどの営業は法律により禁止されていましたが、観光立国、東京オリンピックにむけての法改正で、その規制がなくなったのです。

小学校の隣に管理者不在の（しかも学校を見下ろす窓やバルコニーまでついた）ホテルが営業を開始すれば、性能が向上し、赤外線で、服の上からでも下着まで写せるカメラやスマホで、校庭や教室内の子供たちが、盗撮され無断でSNSにあげられる可能性があります。ごく最近のことですが、保護者以外にも運動会の見学を許可した幼稚園（！）の噂がネットで拡散し、望遠カメラを持った人たちが押しかけて大混乱になったとの報道もありました。登下校の安全も危惧されます。区の教育委員会の、許可を出さないようにという進言も、教育委員長の許可やむを得ずという結論により、区側の見解は変わりませんでした。同窓会を中心に立ち上げられた〈小学校と地域の環境を守る会〉による反対運動も高まっているのですが、学区域の町会長の一人が「ウィークリーマンション案」を独断で業者側に持ちかけたり、小学校の元PTA幹部と称する人が、反対運動を保護者のなかで立ち上げようとした保護者に、「余計なことをするな」と脅したり、「小学生に国際感覚を与えるホテル賛成」という匿名の張り紙が貼られたり、と、それぞれが何らかの利権を得ようとしてのことと思われますが、小悪党、中悪党の暗躍が続いています。バルザックの小説世界を思わせます。国や時代を超えて、少しも古びないバルザックの作品を通じて、「人間喜劇」を学んできた筆者にとって、事態を「総合的」、「俯瞰的」に見ることができることは、読書の与えてくれる大いなる力です。

（2020/11/30）

久が原からレイキャビクへ

　生活文化研究家で、東京都大田区久が原の「昭和のくらし博物館[1]」の館長、小泉和子が、日本の主婦の家事労働が、歴史上最も大変だった戦前から昭和三十年代中頃までの家事の記録を残そうと、昭和から平成にかけての時期に、友人の記録映画作家、時枝俊江監督に相談すると、記録映画製作には多くの費用が必要と言われ、文化庁をはじめポーラ化粧品などへ、記録映画への助成金申請を行ったところ、民俗学的視点から、農業、漁業、林業、マタギや杜氏、また、文化的視点から、古典芸能などの記録映画に助成金を提供はしていても、人々に意識されず、取り立てて価値がなく、記録する理由もないと思われていた家事の記録映画への資金の提供は断られたそうです。それでも二人は、一九九〇年（平成二年）から、当時八十歳の、和子の母、小泉スズ

（一九一〇―二〇〇二）が昭和二十年代から三十年代半ばまで行っていた家事を、現在博物館となっている、当時スズが実際に暮らしていた久が原の家で、再現してもらい、記録映画に残しました。スズの骨折により、撮影は当初の計画の半分ほどで終わりましたが、二〇二一年に、大墻敦が、この記録映画をもとに、『スズさん～昭和の家事と家族の物語～』として、スズと和子が被災した一九四五年五月二十九日の横浜大空襲の映像や、スズの生い立ちや、結婚してからの一家の写真やイラストレーション、小林聡美のナレーション、和子の分析と想い出を語る映像を付け加えて、新たなドキュメンタリー映画を製作しました。(2)

敗戦後に生まれた筆者ですが、母と祖母とが、スズと同じく、毎日の炊事、盥と洗濯板を使った洗濯、箒と水拭きの掃除（図7）、早朝からの炭起こし、薪での風呂焚きに加えて、着物をほどいての洗い張り、樽に漬ける白菜漬け、布団の綿入れや掻巻き作り、浴衣から、セーター、ワンピースまでの服作り、畳を上げての大掃除、障子貼りなどの大仕事も行っていたのをはっきりと記憶しています。おやつも、おはぎやドーナツなど、多くが手作りでした。筆者は幼い時、おぶわれたり、二人の傍らにしゃがんだりしながら、これらの手仕事を飽きずに眺めていました。風呂釜に燃える赤い火が、火吹き竹によって燃え上がる瞬間。一番広い和室から縁側まで広げられた布団とその上にふんわりと置かれていた綿。炭のパチパチ爆ぜる音。家事が一番大変だったこのころを知っていても、筆者は家事が嫌いにはなりませんでしたし、家事の全てから解放されたいとも思いませんでした。

成長してから、ある男性の友人が、結婚したらお互い仕事に専念し、無意味な家事から逃れるため、（母親に家事を任せ）お互い実家に住んだままでいるのが理想だと述べたのに対し、若いうちから家事を人任せにすることは、生活の根幹を疎かにすることだと反論しました。

『スズさん』とほぼ時を同じくして日本で公開された『「主婦」の学校』(3)は、ジェンダー平等で、世界の最先端をゆくアイスランドの家政学校のドキュメンタリー映画です。一九四二年の開校当初こそ、「花嫁学校」の位置づけでしたが、七五年には、「家政学校」と改名し、九七年には、男女共学になりました。郊外の野で、さまざまの種類のベリー類をバケツ一杯に摘み、ジャムにすることからこの学校の新学期が始まります。卒業生で後に環境・天然資源大臣を務めた男性が、「カリキュラムは、料理や裁縫など、昔ながらの内容だが、今やそれらは時代の最先端であり、自分の面倒は自分でみたかった」と、語っています。スズの時代より、家事が飛躍的に楽になった二一世紀、本人が望むなら女性も男性も、他に仕事を持ちつつ、家事、手仕事を疎かにせず、すなわち生活を疎かにせず生きることが可能になるかもしれません。そのためには、一人一人の賃金を上げ、労働環境を向上させる必要があります。

生きるための根幹をなす、地に足のついた生活とそれがもたらす喜び、生きることへの新たな自覚と力は、家事によってももたらされます。時代の激流の中、苦労の連続だったスズさんと、レイキャビクの若い受講生と中高年の先生たちの、映画の中の、手仕事をしながらの喜びにあふれた表情を、現代の日本にも取り戻したいと切に願います。

(2021/11/30)

[注]

(1) 登録有形文化財「昭和のくらし博物館」。住所：東京都大田区久が原二―二六―一九　郵便番号：一四六―〇〇八四　電話番号：〇三―三七五〇―一八〇六。

(2) 『スズさん〜昭和の家事と家族の物語〜』(二〇二一)。文化庁文化芸術振興費補助金助成(映画創造活動支援事業)。

(3) 『「主婦」の学校』(二〇二〇)。監督：ステファニア・トルス。

藤原定家からジョセフ・ロージーへ

見わたせば花も紅葉もなかりけり浦のとまやの秋の夕暮

西行法師は当時二十五歳の藤原定家に「二見浦百首」を詠ませました。その折の定家の一首がこの歌です。それは、

心なき身にもあはれは知られけり鴫立つ沢の秋の夕暮

という西行の歌が念頭におかれており、寂蓮法師の

さびしさは其の色としもなかりけりまき立つ山の秋の夕暮

とともに、定家の歌との関連も、すでに述べられていることです。『映ろひと戯れ　定家を読む[1]』において、この西行と寂蓮法師の歌と、冒頭の定家の歌との相違から淺沼圭司先生は、分析を開始しています。さらに後鳥羽院の

この比は花も紅葉も枝になししばしな消えそ松の白雪

とも異なり、定家の歌は「いわば不在をそれ自体として提示し、確認すること」(『映ろひと戯れ』二五頁)であると述べています。この「不在」は、意識に対し、「あるとないとのはざま――それはとりもなおさずないとあるのはざまにほかならないが――に、意識は宙づりになる。はざまへの意識の宙づり――、それは不在のものを不在であるままに意識に対する現在にもたらそうとする、ありうべくもない試みにほかならないだろう」(前掲書、四一頁)として、冒頭に挙げた定家の歌が試みる企てであるとも述べています。さらに、淺沼先生は、プラトンのパンタ

スマ（もはや実物との類似性を特質として持たない）を語り、この「不在の現前」を定家の歌の本意として捉えています。ここに到る淺沼先生の論考は、筆者にとって、スリリングで驚きに満ちたものでした。

この「不在の現前」は、定家の恋の歌についても現れていると述べられています。「かたみ、おもかげ――恋とは、彼にとって何ものとも合一することのないパンタスマの所有を意味するのだろうか。夕暮、面影、待つ……、彼の恋の歌には、会うことの、合一の悦びを歌ったものはほとんどない」（前掲書、九〇頁）。

あらさらむのちの世までをうらみてもそのおもかげをえこそうとまね

「理念の不在」の「純粋に感覚的な現れ」への、パンタスマへの希求が、定家の恋の歌であるという地点へ、淺沼先生の論考は、読むものを導きます。

シネフィルでも、映画・映像研究者でもなく「映画好き」を自称するしかない筆者ですが、一番好きな映画作家は、ジョセフ（ジョゼフ）・ロージー（Joseph Losey, 1909-1984）です。最初の監督作品『緑の髪の少年』（The Boy with Green Hair, 1948）から、『召使』（The Servant, 1963）、『できごと』（Accident, 1967）、『パリの灯は遠く』（Monsieur Klein, 1976）など、彼の映画の物語的な特徴は、失われていくアイデンティティの危機というテーマであると言えます。ロージーの映画の中で、筆者にとってのベストワンは、『恋』（The Go-Between, 1970）（図8）です。一九〇〇年七月、この夏十三歳の誕生日を迎える少年レオ・コルストンは、寄宿学校の友人で、新興富裕層の友人マーカス・モーズリーに招かれて、イングランド東部の、ノーフォーク半島にあるブランダム・ホールと呼ばれる広大な屋敷で夏休みの数週間を過ごすことになります。父の死により、母と二人のつつましい生活を送るレオにとって、多くの使用人を使い、招待客たちとの社交を中心としたモーズリー家の人々との夏の暮らしは、初めての事づくしでした。彼はマーカスの美しい姉、マリアンに淡い恋心を抱き、小作人のテッド・バージェスとも知り合いになります。やがて、二人の間の秘められた逢引のための何通もの手紙を、それと知らずにレオは運ぶことになります。そして彼の誕生日に起こった決定的な出来事によって、淡い恋は、レオに心的外傷を残して終わり、五十年後、年老いた少年の、かつての思い人との苦い再会をもって映画は終わります。

ロージーの映画の多くにつきものの、ある種の後味の悪さにもかかわらず、なぜこの映画に魅かれるのかは、筆者自身にとっても心にかかる謎でした。学生時代の映画史の授業の課題のレポートでも、『水声通信』十二号でも、筆者は『恋』論を試みました。それでも、その謎は解けたわけではありませんでした。しかし、『映ろひと戯れ』を再読するうちに、定家の歌における「恋」の不可能性が、手紙を託される喜びのうちに駆け続け、知らずに二人の恋人の伝令を務めるレオの恋の不可能性、に重なるのではないか、と、思うようになりました。L・P・ハートレイ（L. P. Hartley, 1895-1972）の原作と同じく『THE GO-BETWEEN』という原題を、『恋』という邦題にしたのは、題名を付けた担当者にその意図があったかどうかは不明ですが、恋の不可能性を暗示するという意味では、恋するものの対象は、実在する相手ではなく、相手のイマージュであり、そこへ恋心を送り届けること、はかない美、面影への仲介をすることとは、この場合の伝令の役目がそれであるとすれば、恋すること、美を希求すること、それを詩歌とすることとは、等しく「伝令・仲介者」あるいは「口実」「テクスト前」とも訳せる、「プレテクスト」（pretéxte）の役割を引き受けることなのではないでしょうか。そして定家の恋の歌は、きわめて感覚的な「現れ（仮象）」への伝令なのではないでしょうか。「パンタスマ――他の何ものにも意識をもたらすことのない、とはいえ意識をそれ自体に留めておくこともなくあのはざまへとさまよい出させる、この感覚的（直観的）なもの。〔……〕だからパンタスマの承認とは、理念の、存在の否定（それらの不在の確認）であり、現れ（仮象）の絶対的な肯定にほかならない」（前掲書、七五―七六頁）。

ジャン・ジュネは、自らの自伝的小説で、「この書物『泥棒日記』は、すなわち、『到達不可能な無価値性』」の追求である（Ce livre « Journal du Voleur » : poursuite de l'Impossible Nullité）[2]」（このNullitéを、筆者は無意味、無効性と訳したいと思っています）と述べています。ジュネもまた、「不在の者を不在であるままに意識に対する現在にもたらそうとする、ありうべくもない試み」を「追求」したのでしょうか。定家の「美」に対する、そして歌そのものに対峙するあり方が、ここでジュネの「日記」を装った小説と重なり合います。


歌人、馬場あき子は、自作の能『利休』上演時の鼎談で、定家のこの歌について、「浦のとまや」の侘しい光景を詠んでいるが、前段で「見わたせば花も紅葉もなかりけり」と詠んで、「花」と「紅葉」を言葉にしている、そうしたうえで、それを「なかりけり」と否定しても受け手の心には、「花」と「紅葉」が鮮明に残り、消えることはない、と述べています。

ロージーの「恋」の最後に、少年レオは、五十年の時を経て、マリアンの住むブランダム・ホールを再訪します。マリアンは、自殺したテッドの子を宿したまま、貴族と結婚し、老いています。レオとマリアンの短い再会の時、マリアンはテッドを愛し続けていること、テッドとマリアンの息子が、貴族として立派に成人していることを語ります。

レオは何故、go-betweenとして利用され、彼の心に深い傷を残したマリアンを、五十年の時を経て再訪したのでしょうか。それは、レオの生涯にわたって彼の脳裡に、少年期の終わりに、その全存在を賭けた恋の相手の面影が、イマージュが、残っていたからではないでしょうか。二人の再会によって、レオは、かつての想い人の面影＝イマージュは、やはりイマージュでしかないことを改めて理解します。マリアンが老いたこと、彼女がなお、テッドを愛していると言ったことが、レオを改めて傷つけたのではありません。再会したマリアンとレオの間の決定的な距離、レオの再会の企ては、不在のものを不在のものとして意識の現前にもたらそうとする「ありうべくもない試み」への確認のための様に思えます。

レオの「到達不可能な」「恋」への希求は、それゆえこの最後の場面で宙吊にされます。「恋」と二重写しになる「美」なるものへの、「到達不可能」な希求は、ロージーにおいても明確に提示されているのではないでしょうか。

（2023/01/31）

［注］

（1）浅沼圭司『映ろひと戯れ　定家を読む』、水声社、二〇〇〇年（一九七八年「叢書エパーヴ」の一冊として、小沢書店から刊行された同名の書物の語句のごく一部を改めて復刊したもの）。

（2）『泥棒日記』「ジャン・ジュネ全集1」、朝吹三吉訳、新潮社、一九六七年、二八三頁。

（3）『笑犬楼vs.偽伯爵』（新潮社、二〇二二年）の筒井康隆（一九三四―）と蓮實重彥（一九三六―）は、その往復書簡で、二人とも『唇からナイフ』に注目しています。

あとがき

水声社の〈コメット・ブッククラブ〉が発行するウェブマガジン「コメット通信」に、二〇二〇年八月創刊号から二〇二三年一月号まで連載した「裸足で散歩」に加筆訂正し、『本の庭へ』と題して纏めたのがこの書物です。（各文末のカッコ内の数字はウェブマガジンの配信日です。）植草甚一の『僕は散歩と雑学が好き』に倣って、文学、芸術からサブカルチャーへ、散歩するように、そして本文の「麦秋」の稿でも少し触れましたが、筆者にとって自由の象徴でもある「裸足」「素足」で、歩く様に文を綴りたい、というのが当初のタイトルの由縁です。このタイトルはニール・サイモンの一九六三年の戯曲、一九六七年の映画のタイトルでもあります。ニール・サイモンが、筆者の好きな戯曲作家であることに変わりはないのですが、六十年の時を経て、改めて映画を見直すと、この時代の限界も相まって登場人物の類型化や、あらゆる意味での多様性の少なさが気になり、書籍化するにあたって、タイトルを変更しました。「庭」は、西洋でも日本・東洋でも、楽園、パラダイスという意味を秘めています。筆者が向かおうとしている庭、読む方々を誘いたい庭は、楽園でも天国でもないものの、心を自由に遊ばせるところであってほしい、という願いをこのタイトルに込めました。

本文の人物名は、敬称の無いもの、「先生」あるいは「さん」とつけたものがあります。「先生」は、筆者の大学時代の恩師であり、「さん」は、筆者の知人・友人です。

ウェブマガジン連載時から、辛抱強く読んで、厳しい意見を述べ、時に共感してくれた友人たち、筆者に新しいリベラリズムを紹介し、歴史オタクとして色々な意見を披露してくれた鈴木洵さん、「コメット通信」連載時に丁寧な校正やアドヴァイスを頂いた水声社の関根慶さん、そして『本の庭へ』への書籍化にあたって担当してくださった飛田陽子さんの、大所高所からのアドヴァイスやダメ出しがなければ、本書は刊行に至らなかったでしょう。「小鳥は本になり、本は小鳥になりたかったようです」という言葉とともに、素晴らしい装幀をして下さった宗利淳一さん、そのほか、水声社のスタッフの皆さん、連載と書籍化の機会を与えてくれた、水声社社主、鈴木宏さんに感謝いたします。

二〇二三年六月

西澤栄美子

著者について――

西澤栄美子（にしざわえみこ）　一九五〇年、東京都に生まれる。成城大学、ソルボンヌ・ヌーヴェル大学修士。もと成城大学講師。専攻、美学、フランス文学。主な著書には、『書物の迷宮』（一九九六年）、『宮川淳とともに』（共著、二〇二一年）、主な訳書には、クリスチャン・メッツ『映画記号学の諸問題』（共訳、一九八七年）、同『映画における意味作用に関する試論』（共訳、二〇〇五年、いずれも水声社）などがある。

装幀——宗利淳一

本の庭へ

二〇二三年八月二五日第一版第一刷印刷　二〇二三年八月三〇日第一版第一刷発行

著者――西澤栄美子

発行者――鈴木宏

発行所――株式会社水声社

東京都文京区小石川二―七―五　郵便番号一一二―〇〇〇二
電話〇三―三八一八―六〇四〇　ＦＡＸ〇三―三八一八―二四三七
［**編集部**］横浜市港北区新吉田東一―七七―一七　郵便番号二二三―〇〇五八
電話〇四五―七一七―五三五六　ＦＡＸ〇四五―七一七―五三五七
郵便振替〇〇一八〇―四―六五四一〇〇
URL : http://www.suiseisha.net

印刷・製本――ディグ

ISBN978-4-8010-0737-6

水声文庫

戦後文学の旗手 中村真一郎　鈴木貞美　二五〇〇円
シュルレアリスム美術を語るために　鈴木雅雄・林道郎　二八〇〇円
サイボーグ・エシックス　高橋透　二〇〇〇円
モートン・フェルドマン　高橋智子　三八〇〇円
(不)可視の監獄　多木陽介　四〇〇〇円
マンハッタン極私的案内　武隈喜一　三二〇〇円
黒いロシア白いロシア　武隈喜一　三五〇〇円
現代ロシア演劇　岩田貴　三二〇〇円
魔術的リアリズム　寺尾隆吉　二五〇〇円
桜三月散歩道　長谷邦夫　三五〇〇円
マンガ編集者狂笑録　長谷邦夫　二八〇〇円
マンガ家夢十夜　長谷邦夫　二五〇〇円
未完の小島信夫　中村邦生・千石英世　二五〇〇円
ブラック・ノート抄　中村邦生　二五〇〇円
幽明譚　中村邦生　二八〇〇円
転落譚　中村邦生　二八〇〇円
オルフェウス的主題　野村喜和夫　二八〇〇円
シュルレアリスムへの旅　野村喜和夫　三〇〇〇円
パラタクシス詩学　野村喜和夫＋杉中昌樹　三〇〇〇円
越境する小説文体　橋本陽介　三五〇〇円
ナラトロジー入門　橋本陽介　二八〇〇円

カズオ・イシグロ　平井杏子　二五〇〇円
カズオ・イシグロの世界　平井杏子＋小池昌代＋阿部公彦＋中川僚子＋遠藤不比人他　二〇〇〇円
カズオ・イシグロ『わたしを離さないで』を読む　田尻芳樹＋三村尚央＝編　三〇〇〇円
カズオ・イシグロと日本　田尻芳樹＋秦邦生＝編　三〇〇〇円
「日本」の起源　福田拓也　二五〇〇円
〈もの派〉の起源　本阿弥清　三二〇〇円
絵画との契約　山田正亮再考　松浦寿夫＋林道郎他　二五〇〇円
現代女性作家の方法　松本和也　二八〇〇円
現代女性作家論　松本和也　二八〇〇円
川上弘美を読む　松本和也　二八〇〇円
太宰治『人間失格』を読み直す　松本和也　二五〇〇円
ジョイスとめぐるオペラ劇場　宮田恭子　四〇〇〇円
福永武彦の詩学　山田兼士　二五〇〇円
魂のたそがれ　湯沢英彦　三二〇〇円
金井美恵子の想像的世界　芳川泰久　二八〇〇円
歓待　芳川泰久　二二〇〇円
宮川淳とともに　吉田喜重＋小林康夫＋西澤栄美子　一五〇〇円

［価格税別］